KB077755

아무리 힘들고 어려운 일도
당신 덕분에 늘 기쁘고 값진 일이 됩니다.
고맙습니다. 그리고 사랑합니다.

바보 마음

2014년 7월 5일 초판 1쇄 발행 | 2014년 9월 20일 5쇄 발행
지은이 · 정말지

펴낸이 · 박시형
책임편집 · 최세현 | 디자인 · 김애숙

경영총괄 · 이준혁
마케팅 · 권금숙, 김석원, 김명래, 최민화, 정영훈
경영지원 · 김상현, 이연정, 이윤하, 김현우
펴낸곳 · (주)쌤앤파커스 | 출판신고 · 2006년 9월 25일 제406-2012-000063호
주소 · 경기도 파주시 회동길 174 파주출판도시
전화 · 031-960-4800 | 팩스 · 031-960-4805 | 이메일 · info@smpk.kr

ⓒ 정말지(저작권자와 맺은 특약에 따라 검인을 생략합니다)
ISBN 978-89-6570-213-9(03810)

쌤앤파커스(Sam&Parkers)는 독자 여러분의 책에 관한 아이디어와 원고 투고를 설레는 마음으로 기다리고 있습니다. 책으로 엮기를 원하는 아이디어가 있으신 분은 이메일 book@smpk.kr로 간단한 개요와 취지, 연락처 등을 보내주세요. 머뭇거리지 말고 문을 두드리세요. 길이 열립니다.

정말지 수녀의

바보 마음

글·그림 정말지

쌤앤파커스

Part 2

감동과 감사로 채우는
눈부신 하루하루 · 64

Part 3
희망이 사람을 꽃피우고
사람이 세상을 꽃피웁니다 · 132

Part 4

저를 통하여
당신이 빛나소서 · 200

더 많이 용서하고
더 많이 사랑하는,
바보 마음으로

30년간 수도원에서 쓴 27권의 일기장을 책으로 엮으며 이 지상에서 살아야 할 시간과 해야 할 일, 이루고 싶은 꿈을 헤아려봅니다. 그것들을 조각내어 지금 여기에서 내가 해야 할 일, 추구해야 할 가치들에 대해 구체적으로 정리하고 자주 들여다봅니다.

수도자로 살아오면서 제가 무엇을 했는지 곰곰이 생각해보니, '바보 마음'을 배우고 실천하려고 애쓴 시간이 꽤 길었습니다. 사랑을 받으려고만 하고 자기 것만 영악하게 챙기는 세상에서, 어리석도록 용서하고 어리석도록 사랑하는 바보 마음 말입니다. 언제나 자신이 받은 것보다 더 많이 퍼주고, 조금 손해 보더라도 내가 더 많이 사랑하는 마음을 가진 사람들, 그런 바보들이 세상을 아름답게 만드는 것도 수없이 목격했습니다.

저는 1983년 마리아수녀회에 입회한 후 1990년 멕시코로 파견돼 17년 동안 봉사하며 마리아수녀회 멕시코 분원장이자 멕시코 찰코 시에 위치한 '소녀의 집' 원장을 맡았습니다. 한 국마리아수녀회가 1991년에 세운 '소녀의 집'은 형편이 어려 운 12~18세 소녀 4,000명에게 무료로 5년(중등 3년, 고등 2년) 동안 기숙하며 배움의 뜻을 이어가도록 해주는 곳입니다. 정 규 교과과정은 물론이고 재봉, 컴퓨터, 요리, 회계 등 취업교 육과 태권도, 양궁, 핸드볼, 축구 등의 특기교육, 그리고 인성 교육을 실시하고 있습니다.

처음엔 낯선 외국인 수녀가 무료로 먹여주고 재워주고 공부 를 시켜준다고 하니 믿지 않았습니다. 게다가 멕시코인들은 가족 간의 유대가 끈끈한데 아이들이 가족들과 떨어져서 공부 를 해야 하니 이상한 눈초리로 쳐다보기까지 했지요. 그러나 13,000명이 넘는 졸업생들이 사회 곳곳에 진출하면서 '소녀 의 집'에 대한 인식도 높아져 이제는 입학경쟁률이 5대 1에 달 합니다. 또 졸업식에 멕시코 대통령이나 영부인, 장관 등이 방 문하는 등 멕시코 정부도 고마움을 나타내고 있습니다. 소녀 의 집 학생들이 자신뿐 아니라 주위의 사람을 변화시키고 나아가 멕시코 전체를 밝게 만든다는 생각을 하면 뿌듯합니다. 그곳에서 저는 바보 마음을 가진 따뜻한 이들이 세상을 얼마나 밝게 만드는지 보고 느끼고 깨달았습니다. 결국 주는 자가 이긴다고 하셨던 말씀이 옳았습니다.

스물일곱 살에 빈손으로 갔다가 마흔네 살에 빈손으로 돌아오면서 가슴에 담아온 많은 이야기들을 여기에 풀어놓습니다. 거칠고 울퉁불퉁한 글이지만, 후회 없는 시간을 보내며 충만하게 살았던 고마운 기억들입니다.

저에게 신앙은 마음 한가운데 세운 깃발과도 같습니다. 이렇게 일기를 쓰듯이 매일매일 조금씩 채우고 비우는 일을 하다 보면 세상과 세속에서는 멀어지고 하느님과 영성에는 더 가까워져 있을 것입니다. 지난 시간과 비교해보면, 여전히 저는 부족하고 저의 삶은 불완전하지만 자신을 들여다보고 알아차리는 능력은 차츰 나아지고 있습니다. 그렇게 알아차리고 나면, 저의 선택은 늘 조금 더 성숙하고, 조화롭고, 사랑에 다가가는 방향으로 이어지겠지요.

다시 처음 그 자리에 섰습니다. 이 모든 시간과 공간, 짓눌림과 떨림과 희망과 기쁨, 제 영혼이 숨 쉬는 모든 곳에서 늘 그렇게 지켜보고 계셨기에 이제 제가 당신의 손을 잡습니다.
마음을 놓고 당신의 손을 잡습니다.

모든 것이 은총입니다.

정말지 수녀

1

고통스럽지 않은 날은
사랑하지 않은 날입니다

고통스럽지 않은 날은
사랑하지 않은 날입니다

'고통스럽지 않은 날은, 사랑하지 않은 날'이라고
어떤 성인은 말했습니다.
내가 선택하거나 고른 것이 아닌데도
날마다 내 앞에 다가와 서 있는 고통의 얼굴을 마주칠 때마다
'어떻게 하면 여기에서 끝날 수 있을까' 생각하게 됩니다.
당신이 주시는 고통이기에
감당할 힘도 주신다는 믿음을 새롭게 다집니다.
하루도 아프지 않은 날이 없었던 것처럼
하루도 즐겁지 않은 날이 없었습니다.
이만하면 충분히 공평한 삶입니다.

사람들과의 관계도 그렇습니다.
어떤 이는 다정하고, 어떤 이는 서먹서먹합니다.

누구와는 대화가 통하고, 누구와는 눈도 마주치기 싫습니다.

누구는 칭찬하고 누구는 비난합니다.

사랑할 때도 있지만 사랑받을 때도 있습니다.

오해도 하고, 오해도 받습니다.

그러나 우리는 고통을 통해 성숙하며,

고통을 극복할 때에야 비로소 참사랑과 마주하게 됩니다.

따뜻하게 옷을 입은
사람처럼

당신을 바라보는 그 순간에
당신 또한 저를 바라보고 있다는 사실을
자주 잊고 있었습니다.
제 안에 계신 당신의 눈으로
당신을 담담하게 바라봅니다.
당신을 바라보는 그 시선으로
당신 안에 비치는 저를 바라봅니다.
그 안에는 스침이나 흔들림이 없어서
제가 있는 그대로 보입니다.

안갯속에 서 있는 제가
약간 어둡고 맑지 않아도
당황하지 않으려 노력하는 제가 보입니다.

눈물이 뚝뚝 흐르는데도

웃음을 잃지 않으려고 하는 제 영혼이 보입니다.

따뜻하게 옷을 입은 사람처럼

떨지 않고 그 자리에 그렇게

안심하고 서 있는 제가 보입니다.

정성껏 살아도
무너질 수 있습니다

한때, 죽음의 맛을 본 적이 있었습니다.
정성껏 살아도 무너질 수 있음을 알았습니다.
사랑만 했는데 미움만 받을 수 있다는 사실도 알았습니다.
숨 쉬는 순간순간이 고통이요,
끝없는 어둠이 영원할 것이라는 유혹도 겪었습니다.
그렇게 태풍처럼, 해일처럼, 지진처럼, 화산 폭발처럼
잠잠하던 저의 세상을 파괴하고 뒤흔들어 엉망으로 만들어놓고
고요가 찾아왔습니다.

사람들은 눈 흘기며 말합니다.
"왜 우리에게 말하지 않았느냐?"고.
제가 어떻게 신이 하시는 일을
사람들에게 해결해달라고 할 수 있었겠습니까.

말할 수 없었지요. 말하지 못하지요.
제가 오직 알 수 있었던 것 한 가지는
이 일은 인간의 일이 아니라는 것.
그래서 혼자 기다렸지요.
떨면서, 떨면서 기다렸지요.
신의 또 다른 시간이 도착하기를.

놓아버릴 줄 알게 하셔서
감사합니다

감사합니다.
영원할 것 같았던 어제를 떠나보낼 수 있어서.

감사합니다.
새로운 용기로 오늘과 오늘의 일과 만남에
당당하게 마주서게 하셔서.

감사합니다.
오지 않은 내일은 휘장을 걷지 않은 무대처럼
무심하게 버려둘 수 있어서.

감사합니다.
꽃이 피면 꽃잎이 떨어지는 날이 있고

그 떨어진 꽃잎이 흩어져 날아가버리는 시간에도
열매는 그 조그만 연둣빛 얼굴로
해바라기하고 있음을 보게 하셔서.

감사합니다.
온 존재를 다하여 사랑하고
그 사랑을 손가락 사이로 빠져나가는 바람처럼
놓아버릴 줄 알게 하셔서.

감사합니다.
어둠이 짙을수록
새벽이 가까이 옴을 믿을 수 있게 하셔서.

얄미운 '미모'

우리 아이들의 마스코트 강아지 '미모'는
어디서 눈병을 얻었는지,
퉁퉁 부은 눈에 눈곱을 가득 단 채
내 곁에 와서 자기 몸을 기댑니다.
경비 아저씨에게 데려가서 안약을 넣어달라고 부탁하는 순간,
미모는 원추리꽃을 훌쩍 넘어 꽃밭 안으로 들어가버립니다.
경비 아저씨에게 그냥 약만 가져다 달라 하고 돌아서는데,
아저씨가 떠나는 모습을 지켜본 미모가
다시 어슬렁거리며 나를 따라옵니다.

눈치 보는 것은 어디서 배웠을까요?
말 안 듣는 것은 어디서 배웠을까요?
내가 자기를 아낀다는 사실은 어떻게 알았을까요?

얄미운 미모.

고통스럽지 않은 날은
사랑하지 않은 날입니다

자신을 위한 기도부터

다른 어떤 누구 이전에
자기 자신을 위한 기도와 사랑이 우선되어야 합니다.
자신을 위한 기도는 자기 존재를 영적 은혜로 충만히 채우고,
결국 다른 이들을 적실 수 있는 향기가 되기 때문입니다.

가족 챙기는 것도 좋고,
친구 챙기는 것도 좋지만
다른 누구보다 '내 영혼부터' 잘 관리하고 아껴나가는
'영적 이기주의자'가 돼야 합니다.
그래야 '나 아닌 것들'에 휘둘리지도,
흔들리지도 않고 살 수 있습니다.

제자리로
되돌아가는 일

어제는 필리핀에서 돌아오는 비행기 안에서
'돌아감'에 대해 생각했습니다.
내가 있어왔던 곳, 나의 자리로 되돌아가는 일이
얼마나 편안하고 위안이 되는지 느끼면서,
죽음 저 너머의 나의 처음 속에 흡수되는 일 또한
참으로 편안하고 당연한 일이 될 것이라는 확신이 생겼습니다.

고통스럽지 않은 낮은
사랑하지 않은 낮입니다

사랑은 기다려주어야
완성되는 것

사랑의 씨앗은 그냥 자라지 않습니다.

새들이 쪼아 먹지 않도록 마른 잎으로 덮어주고
싹이 제법 오르면 잎을 솎아주고
때가 되면 물도 주고,
벌레도 잡아주고, 잡초도 뽑아주고,
주변의 흙을 부수어 숨쉬기 편하게 해주고, 거름도 주고…
참으로 할 일이 많습니다.

그중 가장 어려운 일은 기다림입니다.
자신의 시간이 되어 꽃으로 활짝 피어날 때까지
묵묵히 기다려주어야 합니다.

사랑은 자라나는 것,
사랑은 완성되는 것입니다.

가족 챙기는 것도 좋고,
친구 챙기는 것도 좋지만
다른 누구보다 '내 영혼부터' 잘 관리하고 아껴나가는
'영적 이기주의자'가 돼야 합니다.
그래야 '나 아닌 것들'에 휘둘리지도,
흔들리지도 않고 살 수 있습니다.

불평의 말,
원망의 표현

불평의 말, 원망의 표현이 목구멍까지 올라왔습니다.

– 언제까지 기다려야 합니까?

– 언제까지 흔드시렵니까?

– 언제 반전의 순간이 오나요?

시험을 보지 않고는

자신의 학업성적과 등수를 제대로 알 수 없듯이,

믿음의 시험을 당해보지 않고는

제 믿음의 깊이와 강도를 알 수 없습니다.

보이는 것은 믿을 필요가 없겠지요.

형체도 없고, 색도 향기도 없어서

보이지도 만져지지도 않지만

늘 당신이 함께하시고,

끝내 당신 보시기에 좋게,

제 영혼에 유익하게 마무리될 것을 믿는 것,

그리고 맡기는 것.

이것이 믿음입니다.

그러므로 저도

이 불안하고 아픈 어둠의 시간을 버티며 기다립니다.

좀 더 고요해지도록.

좀 더 잠잠해지도록.

고통스럽지 않은 날은
사랑하지 않은 날입니다

동글동글 상냥하게
사랑을 말할 수 있도록

월요일입니다.

언어학자 촘스키는

언어는 정신보다 우월하다는 말을 했다고 합니다.

정신이 언어에 지배될 수 있고,

영향 받을 수 있다는 뜻인데,

요즘 저의 행각을 보면

말이 많이 거칠어져 있고,

태도 또한 전투적이고,

뾰족뾰족하고 무뚝뚝합니다.

기도를 통해 순화된 언어,

의탁, 찬미, 감사, 감동의 단어를 찾아내고, 표현하고,

그렇게 살아야 할 것입니다.

한동안 '잠시 멈춤 → 가만히 들여다 봄 → 알아차림 → 그리고
위대한 선택하기'의 연습을 게을리했습니다.

오늘 또다시,
언어와 정신을 새롭게 합니다.
동글동글하고 상냥한 모습으로
사랑을 말할 수 있도록.

지금 내 앞에 있는
한 사람부터

매일매일 지워지는 짐과 해야 할 일들이 태산 같고
집 안에 손님들은 끊이지 않는데,
그 와중에 저의 관심과 사랑을 갈구하는
한 사람 한 사람의 요구가
부담스럽다 못해 진저리쳐지는 순간들이 있습니다.
불평하다가 이내 마음을 고쳐먹습니다.
'그래, 한 사람부터 사랑해야지.'

내 마음 문 앞에는 한 사람씩 서서 문을 두드립니다.
문을 열 때마다 커다란 미소와 따뜻한 포옹으로
그를 맞을 수 있도록,
내 마음에 사랑의 힘이 필요합니다.
불가능도 가능케 하는 사랑,

짜증과 미움도 녹여버리는 사랑,

어제는 잊고 지금 내 앞에 있는 그만을,

이 우주 안에 하나뿐인 그 존재만을 바라보고 웃어주는 순간,

저는 진실로 당신의 사랑을 실천하는 사람이 될 것입니다.

내가 넘어지듯이
그도 넘어진다

지상에서 지내는 한, 우리는
여전히 넘어지는 불완전한 존재입니다.
내가 실수하고 넘어지듯이 그도 넘어질 수 있고
내가 아파하고 감정의 출렁임을 감당하지 못해 고민하듯이
그도 같은 문제로 고민하고 노력한다는 사실을 직시해야 합니다.

그러니 그의 미성숙한 태도, 그의 무례함마저
나의 것처럼 감싸 안을 수 있어야 합니다.
그 앞에서 더 따뜻하고 더 정답게 웃어줄 수 있어야 합니다.

천상의 시간, 그 하늘에 가면
우리는 온전히 순결해지고, 온전히 아름다워지며,
온전히 행복할 것이므로,

지금 우리는 이렇게 부딪히고 상처주고 상처받으면서
눈물 얼룩진 웃음으로 또다시 사랑해야 합니다.

우리는 '죽지 않을 것처럼' 삽니다.
그래서 자꾸 흔들리고, 힘들고, 괴롭습니다.
만약에, 내가 오늘 당장
혹은 내일 죽는다는 사실을 '진짜로' 안다면?
지금 우리가 '문제'라고 느끼는 것들의 대부분은
아무것도 아니라고 여기게 될 겁니다.
내일 당장 이 세상을 떠나는데
어떻게 그토록 아무것도 아닌 것에 집착하고,
아무것도 아닌 일로 걱정할까요.

있어야 할 자리에
있다는 것

멕시코의 기후는 우기와 건기로 이루어지는데,
오후만 되면 한 시간씩 쏟아지는 비 덕분에
찰코 소녀의 집은 맑게 빛납니다.

과테말라에서 온 건축설계사가 집 안을 둘러보고 말합니다.
"이곳에는 모든 것이 있어야 할 자리에 있는 것 같아요."
정원의 나무와 꽃들, 동물들, 실습실, 수영장,
행복해 보이는 아이들….
그렇습니다.
사랑한다는 것은,
'자기 자리를 찾도록 도와주는 것,
그 자신이 되도록 협조하는 것'입니다.

여러 사람들의 노력과 수고로

외적인 것들은 어느새 자기 자리를 찾고 있습니다.

그러나 정작,

아이들의 정신, 아이들의 뜻,

아이들의 마음, 아이들의 힘, 아이들의 감정이

당신 안에 뿌리박게 되기까지,

그 뿌리가 서슴없이 퍼져서

흔들려도 뽑히지 않고, 메말라도 숨죽지 않고,

젖어도 썩지 않을 때까지는

우리가 해야 할 일, 할 수 있는 일이 너무 많습니다.

오늘도 저와 함께해주십시오.

안전한 사랑,
완전한 사랑

'원수를 사랑하라'는 성경 구절이 있습니다.
원수 혹은 원수 같은 사람이 제 곁엔 없습니다.
함께 일하면서 성격이나 개성이 달라서
잠시 평화가 깨지는 일은 있어도,
하루 종일 마음속에 남아 저를 괴롭히는 사람은 없습니다.
다행한 일입니다.

하지만 반대로 생각하면,
제대로 사랑하는 사람도 없습니다.
'애착'하지 않는다는 자부심에 흠을 남기지 않으려고,
어느 누구에게도 진심과 정성을
100퍼센트 쏟지 못하기 때문입니다.
이 점은 수도자에게는 안전하지만,

그리스도인으로서는 불완전합니다.

저에게 주어진 시간의 끝에 이르렀을 때,

결국 한 사람도 제대로 사랑하지 못한 것이 될까 두렵습니다.

믿고, 희망하고, 사랑하는 일을 하면서

걱정하고, 좌절하고, 머뭇거립니다.

사랑, 참 어렵습니다.

고통스럽지 않은 날은
사랑하기 않은 날입니다

내 안에 꽂인 듯 피어나는
존재가 있어

우리는 사랑에 빠지는 것을 두려워합니다.
사랑은 아프기 때문입니다.

하지만 그로부터 벗어나려고 하면 할수록
나는 시들어갈 뿐입니다.
사랑은 생명이기 때문입니다.

내 안에 꽂인 듯 피어나는 존재가 있어
끝없이 향기로운 노래를 퍼올립니다.

그 노래에 목마른 자,
그 아픔에 지친 자,
그들만이 내 집에 들어와

다디단 휴식을 얻을 것입니다.

나는 사랑할 때 살아 있습니다.
살아 있기 위하여 사랑합니다.

지금 여기 있는
나를 지키기

일에, 지나친 책임감에, 성공과 높은 점수에,
그 밖의 좋은 평가에 연연하는 사람은
자주 자기 본연의 모습을 잃게 됩니다.
외부환경에 의해 마음의 파장이 굵어지고
감정의 골도 깊어집니다.
눈에 보이는 결과가 허술하면
금방 기운을 잃고 걱정 속을 헤매게 됩니다.

그러다 그렇게 떠밀려가는 삶,
그렇게 제자리걸음하고 있는 자신을 마주하면
좌절감은 더 깊어집니다.

'지금 여기'가 아닌 멀리 있는 사람을 걱정하고,

일을 염려하고, 전망 없는 미래에 실망합니다.
지나간 시간, 이미지, 말의 기억들을 떠올리며
부질없이 우울한 기분에 잠기기도 합니다.

우리 영혼이 이미 지나가버린 '과거'나
아직 오지 않은 '미래'에 함몰되지 않도록,
그리하여 오롯이 '지금 여기'에 정착할 수 있도록,
남의 시선이나 외부의 평가에 신경을 곤두세우기보다
자기 마음의 소리에 더 집중해야 할 일입니다.

고통스럽지 않은 날은
사랑하지 않은 날입니다

우리는 모두
기대고 살아야 합니다

이틀 동안 아팠습니다.

'홀로됨'을 체험하는 시간,

그 경험의 맛은 씁쓸하고 의욕은 떨어집니다.

밤낮없이 마음이 찢어지고, 몸이 녹초가 되는 365일은

누구를, 무엇을 위한 것이었는지.

헛된 욕심, 허영심, 자만심이 거추장스러워지는 시간입니다.

그래도 다시!

마음과 몸을 추스르고 소임을 이어갑니다.

믿음이 약해지고, 사람들에 대한 실망감이 스며들어도

미약한 자신을 보면서 바로 서게 됩니다.

"누구라도 그러하듯이···. 내가 그렇듯이···."

우리 모두 불완전한 존재이기에 늘 기대고 살아야 합니다.

부족함을 채우고 약점을 강화하면서

어제보다는 오늘을, 그리고 더 밝은 내일을 꿈꾸면서

당신 앞에 온전한 모습으로 서고 싶은

소망의 편지를 다시 씁니다.

바보 마음

모든 것을 포용하면서도
아무것도 구속하지 않는 자유,
어디에도 구속되지 않는 자유.

고난을 두려워하지 않고
배신과 모욕과 낮춤과 고통을
소리 내지 않고 견디고도 다시 일어서서
끝을 향하여 걸음을 옮길 용기.

마음의 고요와 맑음,
검소한 마음, 가벼운 마음,
야심과 욕심을 버린 마음.

참사랑을 아는 자만이 참으로 슬퍼할 줄 아는 것이니,
사랑으로 인해 지긋이 잠기는 슬픔.

그리고 지금 우리에게 필요한 마음은
쉽게 용서하고 쉽게 잊어주는
'바보 마음'.

죽지 않을 것처럼
살기 때문에

빨간 만년필 하나가 맘에 들어서
들었다, 났다, 들었다, 났다 합니다.
수도자 신분을 잊게 하는 필기구 욕심.
정말이지 대책이 없습니다.
스스로 취할 수 없으나 선물이라는 이름,
절대 남 주지 말라는 부탁까지 포장되어서 전해지면
어느새 비굴해지고 맙니다.
수도자여서 욕심에서 더 자유롭고,
물질 앞에 더 초연해져야 하는데
그렇지 못합니다.

왜 자꾸 갖고 싶을까,
왜 자꾸 집착할까에 대해서 생각해보았습니다.

답은 '죽지 않을 것처럼 살아서'였습니다.

우린, '죽지 않을 것처럼' 삽니다.
그래서 자꾸 흔들리고, 힘들고, 괴롭습니다.
만약에, 내가 오늘 당장 혹은 내일 죽는다는 사실을
'진짜로' 안다면?
지금 우리가 '문제'라고 느끼는 것들의 대부분은
아무것도 아니라고 여기게 될 겁니다.
내일 당장 이 세상을 떠나는데
어떻게 그토록 아무것도 아닌 것에 집착하고,
아무것도 아닌 일로 걱정할까요.

갖고 싶은 게 생길 때면 이렇게 자문해봅니다.

고통스럽지 않은 날은
사랑하지 않은 날입니다

오늘 죽는다면, 나는 무엇을 취하고 무엇을 버릴 것인가?

어떤 모습을 선택하고, 어떤 사랑을 할 것인가?

이 질문 앞에서 답을 찾기란, 간단하고 명료합니다.

오직 사랑만이
우리를 일치시킵니다

작은 아이.

슬프고 검은 눈, 흰 피부,

때때로 보이는 무표정한 얼굴.

누가 떼어놓으려고 하는 것도 아닌데,

내 품을 파고드는 아이.

두 살배기 미아.

미아가 폐렴에 걸려서 병원에 입원했습니다.

하루 일과를 마친 후 미아의 병실을 찾았습니다.

아이는 침대 위에 누운 채로

작은 다리를 달랑달랑 흔들어댑니다.

엄마가 곁에 있음을 아는 아이의 안도와 기쁨과 만족을

오래 바라보았습니다.

고통스럽지 않은 날은
사랑하지 않은 날입니다

아이가 내 코를 쥐고

"야! 야!" 소리쳐서 내 시선을 집중시키고는,

며칠 동안 가르쳐도 따라하지 못하던 노래를

혼자서 되풀이해 부릅니다.

"엄마, 아빠, 짝짜꿍…."

눈길의 마주침, 작은 건드림 하나에도

까르르 까르르 찬란한 웃음을 토해내는 아이.

사랑만이 우리를 일치시킵니다.

우리의 언어는 불완전하고

내 상대는 너무 어리고 작습니다.

그러나 볼 수 없고 만질 수 없는 사랑이

미풍처럼, 향기처럼 우리 가운데 머물며
우리로 하여금 더없이 행복하게 합니다.

2

감동과 감사로 채우는
눈부신 하루하루

지나가는 것은
그냥 지나가게 두고

지나가는 것과 영원한 것을 구별해내기.
지나가는 것은 그냥 지나가게 두고
영원한 것에 모든 생각과 정성을 다하는 자세.

감동과 감사로 채우는
눈부신 하루하루

녹슬어 없어지기보다
닳아 없어지길

'녹슬어 없어지는 것보다,

닳아서 없어지는 것이 더 낫다.'라는 말이 있습니다.

쓰임이 없어서 방치되는 것보다 많이 쓰이는 것이 낫겠지요.

페이스북을 통해 졸업생 3,000여 명과 소통하고 있습니다.

짤막하게 남긴 100자도 안 되는 글을 통해

아이들은 감동받고 감화됩니다.

학교가 그리울 때 쓰려고

3년 동안 쓰던 베개를 조금 찢어서

가지고 나갔다고 고백하는 아이는

어느새 두 아이의 엄마가 되어 캐나다에 살고 있습니다.

뒤늦게나마 아이들의 마음을 어루만져줄 수 있어서 감사합니다.
이제는 이 몫을 맡아 기쁜 나이가 되어서 더 감사합니다.

안 갈게요,
여기 있을게요

가끔 정말 반가운 사람이 오면

그 만남의 순간이 소중하고 아까워서

그분이 머무는 시간이 길기를 기대하면서

"언제 가세요?"라고 물어보는 때가 있는데

막상 당사자는 그게 서운하게 들릴 때가 있다고 합니다.

저는 최근에 색다른 경험을 했는데

멕시코 소임을 끝내고 한국에 돌아온 지 6년 만에

다시 멕시코 공동체를 방문해서

그리웠던 수녀님들을 만났습니다.

거의 대부분의 수녀님들이 제자였고 딸들이어서

만남의 장소는 시끌벅적하고

라틴아메리카 관습대로 서로를 안아주면서

반가움을 나누었습니다.

그런데 수녀님들을 안을 때마다 같은 말을 반복해 들으면서

웃음보다는 울음이 터질 것 같았습니다.

"No se vaya…."(가지 마세요….)

제 귓전에 대고 말하는 수녀님들의 마음이 전달되자

눈물이 났습니다.

자신들의 청소년기를 저와 함께 보내고

이제는 수도자가 되어 소명을 다하고 있는

딸 같은 수녀님들에게도

제 관심과 손길이 아쉬울 때도 있었겠다는 생각이 들었습니다.

그 간절한 바람을 늘 마음속에 간직하면서

비록 공간적으로는 떨어져서 각자가 맡은 소임을 하지만,

마음은 좀 더 수녀님들과 일치시키려고 노력하고 기도합니다.

"No me voy, aqui estoy contigo."

(안 갈게요. 여기 있을게요. 수녀님 곁에.)

호박이
말도 하네?

문득, 특정한 대상에게

특별한 마음이 가고 있음을 알아차릴 때가 있습니다.

그러나 그 마음이 사랑, 동정, 존경심,

기쁨, 이해 등의 감정이 아닌

오해, 싫어짐, 무시하고 싶음,

보고 싶지도 같이 있고 싶지도 않은 부정적인 감정일 때,

요컨대 누군가가 미워질 때….

일과 환경, 그리고 사람들에 대한 실망이

한꺼번에 부정적인 모습으로 몰아닥칠 때….

그럴 땐 가만가만 마음을 지켜보고

조용조용 자신에게 속삭여봅니다.

"이것 또한 지나가리라."

소용돌이가 잦아들고 잔물결마저 잠잠해지면
그 안에 담긴 부정의 돌멩이들을 건져냅니다.
그러면 다시 맑아지고, 다시 고요해집니다.
미움의 눈총도, 짜증 섞인 목소리도 참아봅니다.

지나가는 구름, 모양이 다른 구름 중의 하나인 그가
내 하늘을 가만히 지나가도록 가만히 지켜봅니다.
이 세상에는 '절대'란 없음을 기억하면
좋은 것도, 나쁜 것도, 기쁜 것도, 쓰라린 것도
영원하지 않음을 깨닫습니다.
그럼 조금은 담담해집니다.

앞에 있는 누군가가 정말 밉다면,

그에게 화가 나서 어쩔 줄 모르겠다면,

상대방을 사람이 아니라 '호박'이라고 생각해봅니다.

'어? 호박에 눈코입이 달려 있네?'

'호박이 말도 하네?' 하고요.

성찰하는 사람만이
삶을 주도할 수 있습니다

다중지능 검사를 했는데
저는 자기성찰 지능이 제일 높았습니다.
아마도 일기를 꾸준히 쓰고,
늘 자기를 돌아보고 지켜보는 일을 하는 수도자라서
그런 것 같습니다.

자신을 잘 알고,
최상의 선택과 결정을 위한
시기적절한 깨달음과 통찰력을 갖추는 일은
수도자, 부모, 지도자에게
더욱더 필요한 덕목이 아닐까 생각해봅니다.

성실하고 진지한 삶은

늘 성찰할 때 더 깊어집니다.

그리고 그 성찰을 통해 진정한 변화가 가능해질 것입니다.

실천이 따르지 않는 반성과 미안한 표정만으로는 부족합니다.

더 많이 끊어버리고, 더 지혜롭고 더 거룩하게

삶을 주도하는 사람이 되어야 합니다.

중요한 일과 중요하지 않은 일,

급한 일과 덜 급한 일,

사랑과 사랑 아닌 것,

해야 되는 일과 하지 않아도 되는 일을 분별해내고

그 안에서 진주알은 건져 올리고,

그 밖의 것은 버려야 할 것입니다.

감동과 감사로 채우는
눈부신 하루하루

오래 참으리라는 결심,
낙담하지 않으리라는 결심,
상처받지 않겠다는 결심,
기쁘고 새롭게 다시 시작하리라는 결심.

결국 '작심 3일'로 끝날지라도,
삶과 영혼을 지금보다 더 나은 것으로
만들고자 하는 모든 결심은
축복받아 마땅합니다.

반성

늘 나를 변호할 말을 남겨두는 것,
과거에 머물러 있는 것,
칭찬이나 인정을 기대하는 것,
말이 많은 것,
뻔뻔한 것,
조심성 없는 것,
산만한 것,
절제심 없는 것,
자의 반 타의 반 자랑하고 잘난 척하는 것,

이 모든 것들과,
이것들을 알아차리지 못한 저를
반성합니다.

포기와 정리

'포기'와 '정리'에 대해서 생각합니다.
포기는 어쩔 수 없어서 버리는 것이라면
정리는 필요하기 때문에 버리는 것입니다.
포기는 강요에 의한 것이지만
정리는 자발적인 것입니다.

감동과 감사로 채우는
눈부신 하루하루

찌르면 피 흘리고
아프면 앓아야겠지요

금식하다가 사과밭에서 따두었던,

열흘이 지난 사과 하나를 씻어 베어먹었습니다.

그 단맛과 상큼함이 이상적입니다.

나무에서 따자마자 앞치마에 쓱쓱 문지르고 먹는

사과의 맛이 싱싱하고 풋풋하다면

한 열흘, 나무에서 떨어진 채

적당히 자기들끼리 어울린 이 맛도 아주 좋습니다.

고통과 희생의 기회도 순간순간

감이 떨어질 때 달려가서 치마폭에 담을 만큼

날렵하고 명랑하게 받아들이는 날도 있지만,

마음에 어둠과 아픔이 남아

쉽게 받아들여지지 않을 때에도 잠시,

그 자리, 그 상황에서 떨어져 나와
묵상과 기도의 날이 지난 다음 받아들이는 것도
나쁘지 않다는 생각을 합니다.
오히려 이것이 순리 아닌지요?

찌르면 피 흘리고,
아프면 앓아야겠지요.
시간이 아물게 하는 날까지.

감동과 감사로 채우는
눈부신 하루하루

용서는 자유를,
절제는 자부심을

비교심 없는 마음에 만족과 평화가 깃듭니다.
이웃을 따뜻하게 바라보는 마음에
자선을 행할 용기가 생기고
나를 돌아보는 마음에
겸손이 녹아듭니다.

용서하는 마음은
내 마음을 자유롭게 하고
사랑하는 마음은
모두가 자기 자리에서
자기 모양의 꽃을 피우고
저마다의 향기를 낼 수 있도록
그 자리를 찾아주고, 도와줍니다.

희망하는 마음은

눈에 보이는 것 이상을 바라보게 합니다.

믿는 마음은

믿음으로 보상받습니다.

절제하는 마음에는 자부심이 퍼져 오르고

새로운 마음에는 생명이 차오릅니다.

영혼을 가꾸는 일

우리 내면의 온갖 귀하고 소중한 것들은
살다 보면 종종 때 묻히거나 잊힙니다.
때 묻은 것을 알아차리고,
그것을 끄집어내 씻고, 닦고,
다시 소중하게 돌보는 것,
그건 오로지 자신만이 할 수 있습니다.

일은 내가 아니어도 다른 누군가가 할 수 있지만,
영혼을 가꾸는 일은 나 자신만이 할 수 있습니다.

마음이 평화를
누리지 못하는 이유

세상과 하늘나라, 영혼과 육신, 영예와 낮춤 등
도무지 하나가 될 수 없는 것들을 동시에 갖고자 하는 어리석음.
더 가치 있는 것을 위해 덜 가치 있는 것을 포기하지 못하는
이기심.
탁 맡기기보다는 걱정하고,
잊히기를 바라면서도 무시당하기는 싫어하는 이중성….
우리 마음이 평화를 누리지 못하는 이유는
대부분 여기에 기인합니다.

'그 누구도 두 주인을 섬길 수 없다.' 했습니다.
버릴 것은 버리고,
아끼고 보존해야 할 것만 그렇게 할 수 있는
용감한 겸손이 필요합니다.

감동과 감사로 채우는
늦부신 하루하루

끝에 설 수 있다는 말은

끝에 설 수 있다는 말은,
부족하고 어려웠어도 삶에 대한 애정을 가지고
열심히 살아왔다는 말입니다.

오늘, 우리는 또 끝에 서서 처음을 돌아봅니다.
미지근하게 사는 사람에게는
365일이 너무 길고 지루했을 겁니다.
하지만 하는 일이 즐겁고
눈에 보이는 결과에 마음이 충만한 사람에게는
너무 짧았겠지요.

그러나 이 한 해를 늘 같은 마음으로,
늘 같은 즐거움으로,

한결같은 정다움으로 살아온 사람은 아무도 없습니다.

때로는 나의 잘못으로,

때로는 이웃의 잘못으로,

우리는 감정의 굴곡을 생생하게 체험하며 살아왔습니다.

한 해의 끝에 섰습니다.

어둡고 답답한 것은 벗어버리고

마음을 용서와 평화로 채워봅니다.

다른 누구를 위해서가 아니라

나 자신을 위해서 다시 시작하라고 끝을 주십니다.

감동과 감사로 배우는
눈부신 하루하루

나 자신을
온전히 주면

하루라는 시간 안에도 수많은 만남과 사건을 겪게 됩니다.
모든 일에 정성을 다하려고 노력합니다.
정성이란 한 번에 한 사람의 눈을 바라보고,
그의 말과 비언어적 언어와 사소한 분위기에도
집중하는 것입니다.

누군가에게, 어떤 일에,
정성을 다해 '나 자신'을 온전히 주고 나면
기쁘고 뿌듯해집니다.
'지금 여기'에 '올인' 하면서
마음에 희망의 씨앗을 품고 살면
어수선했던 삶에도
어느덧 평화가 찾아옵니다.

오래 기억하면
용서하지 못합니다

나쁜 일일수록
빨리 잊어야 합니다.
오래 기억하면
용서하지 못합니다.

용서하지 못하면,
앙갚음하고 싶어 하는 분심이
끊임없이 일어납니다.
그럼 이미 지나가버린 '옛것'의 노예가 되어
허송세월하게 됩니다.
언제 어떻게 끝날지 모르는 단 한 번의 인생,
그래서야 되겠습니까.

우리는 언제나
다를 수밖에 없는데

지난 금요일엔 피정이 있었고, 고백성사도 보았습니다.
솔직한 고백성사의 은혜는
곧장 마음의 평화와 새로운 열성으로 되갚아집니다.
제가 하느님으로부터 받은 색과 향기는
고유한 것임에도 불구하고
때때로 이웃으로부터 비교당할 때가 있습니다.
우리는 언제나 다를 수밖에 없는데
그 다름이 틀림으로 정의될 때에
넓고 편안하다고 생각하던 제 마음에도 상처가 생깁니다.

저 자신에 대한 100퍼센트의 믿음과,
제가 하는 선택과 결정이 모두를 만족시킬 것이라는 자만심이
깨어지는 시간을 만납니다.

그럴 때마다 그다음의 선택도 제가 해야 합니다.

이웃의 평가는 늘 이웃의 평가입니다.

수용하되 수용하지 않는 자세에 대해 생각합니다.

그들에게 피해를 주거나

공익을 해치는 일은 조심하고 피해야 하겠지요.

그러나

제가 풍기는 향기와 빛깔이

그들과 다르다는 이유로 비난받는다면

무심할 수 있는 당당함을 갖추고 싶습니다.

당신을 취하게 하는 것은 무엇입니까?

어느 책에서 본 이야기입니다.

아주 오랜 옛날,

사막에서 수도생활을 했던 영적 지도자들이 있었습니다.

그런 사막의 교부에게 한 제자가

하늘나라가 어디에 있는지 물었습니다.

그러자 그는 "네 앞에 있는 하늘나라가 보이지 않느냐?"고 되물었습니다.

보이지 않는다고 하자 그는 다시 물었습니다.

"술주정뱅이가 왜 자기 집을 찾지 못하는지 아느냐?"

"술에 취했기 때문이죠."라고 답하자, 그는 말했습니다.

"그렇다면 너를 취하게 하는 것이 무엇인지 잘 살펴보아라."

내가 항상 옳을 수
없다는 사실

자신의 생각과 판단이
항상 옳을 수 없다는 사실을
진심으로 인정하고 나면,
삶이 순탄하지 않을지라도
쉽게 좌절하지 않게 됩니다.

남을 나의 잣대로 판단하지 않으면
그러면 나도 판단 받지 않습니다.

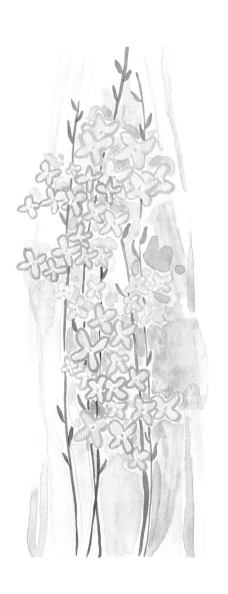

아이들에게 하느님께 청할
'세 가지 소원'을 물었습니다.
진짜 엄마를 만나고, 꿈을 이루고,
건강하고 행복하게 살다가 천국 가는 것… 등등,
여러 이야기를 들으며
마음이 뭉클해졌다가, 뜨거워졌다가,
애처로워졌다가, 웃음 터지는 순간도 있습니다.
오직 하나, 제가 그들에게 전해주는 말은 이것뿐입니다.
"하느님이 너를, 너 하나만을
정말 사랑하고 계신다는 사실을 잊지 말아라."

긍정적인 일
열 가지 적어보기

하루를 되돌아보며 그날 있었던 많은 일들 중에
긍정적인 일들을 찾아 열 가지쯤 적어보곤 합니다.
예를 들면, 이런 식으로요.

– 목표한 업무의 대부분(80퍼센트)을 해냈다.

– 조금 일찍 하루를 시작했다.

– 남을 위한 기도를 많이 했다.

– 무더운 성당에 시원한 에어컨 바람이 나온다.

– 내 주변만 맴돌면서 나만 물어뜯던 모기들이 다른 쪽으로
  갔다.

– 독서를 하고 거기서 배운 것들을 실천하고 있다.

– 마음이 고요하다.

– 주변 사람들과 일을 객관적으로 보고 있다.

- 먹는 것, 사는 것 등 물질적인 것에 대한 집착이 많이 사라
  지고 있음을 알아차린다.
- 하루를 무탈하게 보냈다.

이렇게 한 가지, 한 가지 적어 내려가는 동안
마음은 놀라울 정도로 기쁘고 평화로워집니다.
그리고 그날 하루에 진심으로 감사하게 됩니다.

나부터 먼저
감동을 주는 삶을 선택할 것

먼저 인사하고,

먼저 미소 짓고,

먼저 배려하고,

먼저 희생하고,

먼저 달려가고,

먼저 사랑할 것.

나부터!

그렇게 살지 않아도 24시간,

그렇게 살아도 24시간이라면

조금 더 향기롭고,

조금 더 아름답고,

조금 더 감동받고,

조금 더 감동을 주는

그런 삶을 선택할 것.

단순한 삶이
영혼을 건강하게 만듭니다

미루는 습관을 없애고
조금 재빠르게 행동하고
욕망과 욕심을 끊어버리고 살아가는 나날에는
특별한 기쁨과 자유가 있습니다.

절제, 부지런함, 단순함처럼
몸과 마음이 정화되는 경험을 주는 일들도
건강할 때 그 실천이 극대화됩니다.

꾸준히 기도하고
스스로를 격려하며
건강하고 순수한 체험을 하려면
"이제 그만!"

"여기까지!"라고
자기 자신에게 절도를 가르쳐야 합니다.
이 같은 절제의 삶이
건강한 영혼뿐만 아니라
건강한 몸도 갖게 합니다.

나의 가난은
더 자발적이고 더 혁신적으로

최대한 조촐하고, 간단하고,
검소하게 살아야겠다는 생각을 많이 하는 요즘입니다.
부족함을 받아들이고, 묵묵히 견디고,
그 속에서 고통받는 일은 오히려 쉽고 단순해 보입니다.

그런데 이 시대의 가난은, 저의 가난은,
더 자발적이고 역동적이며 혁신적이어야 합니다.
그래서 더 어렵고, 늘 정신적인 부담이 있습니다.

'균형'은 정말 바람직한 것이지만
늘 편리와 쉬움 그리고 효과라는 달콤한 유혹을 무시하고
적극적인 가난, 세상을 거스르는 검소함으로
살아가기 위한 균형이란

거의 '발버둥' 같은 것입니다.

하지만 정신과 영혼의 진정한 자유를 얻기 위해서는

이 '발버둥'을 멈추어서는 안 됩니다.

보이는 가난, 보이지 않는 가난, 두 가지 모두를 의식하면서

오늘 하루의 나, 앞으로 살아갈 나와 나의 환경을

돌아보고 수정해 나가야겠습니다.

답은 이미
정해져 있습니다

많은 문제들에

답은 이미 정해져 있습니다.

이미 알고 있는 답이

자기 안에 녹아 삶이 되지 못하는 모순,

그래서 단 한 순간도 진정으로 평화롭지 못하고

어떤 자리에서도 진정으로 안온할 수 없는 모순 때문에,

우리는 많이 아픕니다.

이미 정해져 있는 답을

있는 그대로 인정하지 않으려는 마음,

답 아닌 것을 답으로 바꾸려는 헛된 노력이

우리 인생을 멍들게 합니다.

답을 답으로 받아들고,

그 답대로 살고 싶습니다.

마음에 가득 찬 것이
입으로 나옵니다

요즈음,

지금 여기에서의 내 마음은

무엇으로 가득 차 있는가?

– 불만족

– 실망

– 애착

– 이기심

– 미움

– 불안감

– 걱정

– 등등.

마음에 가득 찬 것이 입으로 나온다고 했습니다.
우선, 마음 안의 쓰레기들을 버려야 하겠습니다.
그리고 다시 얼굴을 들고 허리를 펴봅니다.

나부터
나부터 시간을 지키고,
나부터 예의와 교양을 입고,
나부터 이웃을 배려하고,
나부터 기도합니다.

나부터 이웃을 칭찬하고,
나부터 몸을 숙여 인사합니다.

감동과 감사로 채우는
눈부신 하루하루

많은 것을 바라지 못하겠기에

내 주변을 밝히기 이전에

내 마음의 짐부터 벗어버리고 싶습니다.

누구에게나
세 가지의 나이가 있습니다

어느 날 소녀의 집에 멕시코 주 경찰청장이 방문해서 나이에 대한 얘기를 하며 한바탕 웃었던 적이 있습니다. 그의 말에 의하면 사람에게는 세 가지의 나이가 있다는 것입니다.

1. 태어난 날부터 계산한 진짜 나이
2. 본인이 느끼는 나이
3. 남에게 보여지는 나이

일리가 있는 말이지요. 나이가 든다는 사실을 못 느끼는 날이 있는가 하면 어떤 날은 영락없이 시들어버린 자신의 모습을 목격하는 날도 있습니다. 그리고 눈치 없는 이웃들은 아무런 용기도 희망도 주지 못하는 이 냉정한 진리를 이런 말로 거듭거듭 속삭여주곤 합니다.

감동과 감사로 채우는
눈부신 하루하루

"아, 많이 변했군요. 옛날의 그 곱던 모습은 찾아볼 수가 없네요."

피천득 선생님의 《인연》이라는 책에는 이런 말이 있습니다.

"세 번째 만남은 아니 만났으면 더 좋았을 만남이었다."

젊은 날의 첫사랑을 나이 들어서 만나고 나서 느끼는 수많은 이들의 마음을 대신하는 고백일 것입니다. 저도 어느 날, '아, 누군가가 지금의 나를 만나면 후회하는 나이가 되었겠지?' 하는 생각을 했습니다. 순전히 《인연》을 읽었기 때문이라는 생각도 들지만.

그런데 지난주에는 사진 한 장을 발견했습니다. 창설 신부님과 이곳 시장 가족들, 그리고 제가 마가목 나무 밑에서 찍은 사진입니다. 16년 전 어느 가을날 아침나절에 찍은 것이었어요. 무척 반가워서 그 사진을 거실 벽에 걸어두기로 했습니다. 그러자 이웃들이 모두 한마디씩 합니다.

"아, 수녀님도 이렇게 여리고 젊고 날씬했었네요."

손님이 있어서 음식준비를 하느라 분주한 어느 오후였습니다. 또 옛날의 미모(?)를 들추는 형제가 있었습니다. 궁지에 몰리는, 이제는 나이가 든 나를 불쌍히 여기는 아들 준이가 말했습니다.

"지금도 괜찮아요."

그래요. 지금도 괜찮아요. 저는 순간순간 진심으로 정성껏 살았기 때문에 지나온 시간이 아쉽지도 않고 부럽지도 않습니다. 다시 돌아가기엔 너무 뜨겁게 살았기에, 다가오는 시간에 쏟을 열정과 정성, 그리고 제가 즐길 기쁨과 행복만으로도 충분하기에.

지금도 충분히 괜찮아요. 누군가 숨어서 저를 바라보고 후회하고 돌아간다 해도 저는 괜찮아요. 충분히 더 행복하고 충분히 더 아름다울 수 있을 것 같은 이 희망이 괜찮아요.

감동과 감사로 채우는
눈부신 하루하루

남의 소임을
하지 말라

밤에 몇 번이나 깨고,
꿈속에서도 꿈을 꾸고,
잠 속에서도 걱정을 합니다.

왜 그럴까,
곰곰 마음을 들여다보니
내가 하지 않아도 되는 일,
걱정, 판단, 책임과 의무에 시달리고 있기 때문입니다.
'나의 소임'이 아닌 일에 기웃기웃하거나,
남의 감정에 나의 감정을 이입시켜
건강하지 못한 상상을 하는 어리석음 때문입니다.

무언가 뒤숭숭하고 편치 않다면

'남의 소임'을 하고 있지 않나

돌이켜볼 일입니다.

세상을 바꾸기보단
마음을 바꾸는 게

앞으로 어떻게 하겠다고 마음을 정하는 일이 '결심'입니다.
그 마음을 단단히 붙드는 일이 '작심'입니다.

세상은 쉽사리 바뀌지 않습니다.
세상이나 상황을 바꾸기보단
마음을 바꾸는 게 조금 더 쉽습니다.

오래 참으리라는 결심,
낙담하지 않으리라는 결심,
상처받지 않겠다는 결심,
기쁘고 새롭게 다시 시작하리라는 결심.

결국 '작심 3일'로 끝날지라도,

삶과 영혼을 지금보다 더 나은 것으로 만들고자 하는
모든 결심은 축복받아 마땅합니다.

감동과 감사로 채우는
눈부신 하루하루

거절하면 거절당하고
잊겠다면 잊히는 것

지나가는 것은 지나가게 내버려두고
가짜인 것은 가짜라고 부르고
떨어지는 것은 그냥 떨어지도록 두는 것.

거절하면 거절당하고
잊겠다면 잊히는 것.

그래도 담담하고
그래도 평화로우면
조용히
혼자서
웃어보는 것.

깨어 산다는 것은
그런 것.

진짜 용기는 무엇일까요?
나의 기분과 의지를 초월해서
지금 여기의 상황을 받아주는 것.
지금 당장 보이진 않지만
나의 끝은 아름답고 품위 있고
향기로울 것임을 믿는 것.
이것이 진짜 용기이겠지요?

씨앗과 대지

농사짓는 것은 작은 아이들을 키우는 것보다 분명히 쉽습니다.
정성 들여 씨앗을 뿌리고, 고랑을 정리하고,
오후마다 마음이 느긋해질 정도로 축축하게 물을 주고,
다음 날 이른 아침 밭에 가보면
쪼르르 새싹들이 힘겹게 올라오고 있습니다.
그 작은 씨앗들이 흙을 부추기고 간질여서
흙의 마음이 너그러워져 조금씩 길을 비워주기까지
보통 2주는 넉넉히 걸립니다.
눈으로 볼 순 없으나
태양과 푸른 하늘과 맑은 공기,
그리고 자기들을 기다리는 농부수녀의 얼굴과 마주치고 싶어
밤새 간질간질 흙을 괴롭혔을 씨앗들을 생각하니 귀엽습니다.

빛나는 기쁨과
영적인 평화

슬픔이 전염되듯이 기쁨도 전염됩니다.
어지간히 천방지축이고 교양이 없어도,
즐거워하는 영혼 곁에 있는 것이 훨씬 편안합니다.
엄청난 학력과 경력, 교양으로 무장한 채
한 치의 실수도 허용하지 않는 사람보다
즐거움을 전하는 이들이
더 고맙고 소중하게 여겨집니다.

다행히 주변에 있는 사람을 즐겁게 해주고,
매사에 열정적이며 평화를 전하는 사람들이
우리 공동체에는 많습니다.
'빛나는 기쁨, 영적인 평화'를 전하는 것이
우리 수녀회의 소명이며,

이 같은 기쁨과 평화는
믿음, 희망, 사랑의 실천을 통해서 키워집니다.

아무 말 하지 않아도,
눈빛 하나로 사랑의 화살이 통하였음을
체험하는 경우가 많습니다.
눈웃음이 고운 수녀님들에게서,
작은 자와 소리 없는 자의 편에 서서
교회의 가르침 안에서 사회 정의를 실천하고자 노력하는
부인들의 향긋한 포옹 속에서,
갈색 피부, 작은 키, 통통한 몸집을 하고도
자신 있는 웃음, 희망이 담긴 걸음을 걷는 우리의 소녀들에게서
그들과 나는 '하나'임을 체험합니다.

이웃을 섬기고, 평화를 전하는 우리의 소명이
당신으로부터 온 선물임을 증거하게 하십시오.

어느 것 하나
버릴 것이 없습니다

'인생 역전'이라는 말,

'위기'는 또한 '기회'라는 말이 주는 의미는 심오합니다.

당신께서 주신 것 중에 버릴 것은 아무것도 없습니다.

당신께서 이끌어가시는 일 중에 헛된 것은 아무것도 없습니다.

그러므로 모든 사물, 새들의 노래와

솔잎 사이를 파도 소리 내며 지나가는 바람이나,

등에 내려앉은 오후의 햇살이나,

신발을 벗어던진 제 발바닥을 간질이는 푸른 잔디나,

식탁 위에 놓인 파란 화초나,

친구들은 다 졌는데 저 혼자 한들거리는 원추리꽃 한 송이나,

무엇 하나 버릴 것이 없습니다.

그러므로 모든 일, 모든 사건,

새벽에 잠에서 깨어 다시 잠들지 못한 일이나,

잔디밭을 가로질러 가는 소녀들을

얄미운 마음으로 바라본 일이나,

짧고 아름다운 강론을 듣고 미소 지은 일이나,

반찬을 맛있게 먹은 일이나,

어떤 수녀가 유난히 저를 미워하는 일이나,

이 좋은 기도의 날들에 어울리도록 비를 기대했는데

햇볕만 쨍쨍 난 일이나,

마음속에서 끊임없이 '바보야, 바보야'라는

소리를 내고 있는 일이나,

어느 것 하나 버릴 것이 없습니다.

감동과 감사로 채우는
눈부신 하루하루

이기심을 버리면
이웃의 십자가가 보입니다

아주 사소한 일에도, 평범한 만남 중에도
늘 버려야 할 것이 있다면 그것은 '이기심'입니다.
자기 자신, 자기 소유, 자신의 일에 대한 욕심들이 제거되면
자연스럽게 이웃이 보이고,
이웃의 장점이나 능력이 보이고,
이웃이 지고 가는 십자가가 보입니다.

'이기심'을 버린 후라야
편하고 자연스러운 시선으로
그들을 향해 미소 지을 수 있습니다.

어느 신문기자의 큰절

한국에서 멕시코의 아이들에게

탈춤을 가르치러 오셨던 분이 있었습니다.

멕시코 현지에서 모 신문사 특파원으로 계시는

기자 한 분이 동행하셨는데

아무 대가도 없는 일에 일부러 시간을 내 찾아오신 그분은

탈춤 연습이 끝난 아이들 앞에서 강연을 했습니다.

"너희는 정말 소중한 존재들이다.

너희를 위해서 지금도 눈물로 기도하는 사람들이 있다.

너희가 공부하고 있는 이 학교는 세상에서 가장 좋은 학교다.

모두가 공부도, 운동도, 춤도 열심히, 신나게 하기를 바란다."

이런 내용의 말씀이었습니다.

그리고 그는 자리에서 무릎을 꿇더니

감동과 감사로 채우는
눈부신 하루하루

저를 향해 넙죽 큰절을 합니다.

자신의 마음을 표현하고 싶었다면서,

큰절은 한국인이 표현할 수 있는 최대의 존경의 표시라고

아이들에게 설명하면서….

태어나서 처음 겪는 이 황당한 상황에 접하면서

제 마음은 그런 낮고 따뜻한 마음을 가진

한 사람에게 집중되었습니다.

한국인. 한민족. 우리만큼 사랑이 많은 민족이 있을까요?

베드로 성인처럼 불의를 싫어하는 우리 민족,

바오로 성인처럼 사랑의 일 앞에 투신하는 열정,

사랑과 정에 있어서는 타의 추종을 불허하는 민족,

하지 않아도 되는 일도, 만나지 않아도 되는 사람도,

우리 마음이 시켜서 하게 되는,
아무 대가나 칭찬도 받지 못하면서도
마음이 원해서 하는 민족.
지금, 여기 우리를 축복하소서.

희망이 사람을 꽃피우고
사람이 세상을 꽃피웁니다

제 별명은
'싸움쟁이 수녀'입니다

멕시코 찰코 소녀의 집은 직사각형의 반듯한 대지 10만 평 안에 4동의 기숙사와 교실이 마주보는 형태로 구성되어 있습니다. 총평의회 회의가 있어서 모처럼 다시 찾은 소녀의 집에 거의 다다랐을 때, 영세민들을 위한 주택 수천 가구가 들어서 있는 이웃들의 모습 가운데 유일하게 400평 규모의 땅이 여전히 공터로 남아 있는 것을 보았습니다. 그 땅은 우리 학교의 담과 바로 연결된 땅으로 10년 전 주유소를 세우기 위해 기초공사를 하다가 우리들의 반발로 중단되었던 곳입니다.

2004년 어느 날, 우리 학교 담 바로 옆에 낯선 사람들이 와서 기초공사를 하고 있다는 소식을 듣게 되었습니다. 학교 건물로부터 반경 400미터 이내에는 주유소를 세울 수 없다는 현지의 법이 있음에도 불구하고 말입니다. 구청에 가서 그 사실을 알리고 다시 한 번 더 검토해주기를 요청했습니다. 그런데 다녀온 지 며칠이 지났는데도 공사는 계속되고 있었습니다.

급기야 기름탱크를 묻을 만한 깊이의 구덩이가 준비되었다는 직원들의 보고를 받고 현장에 가보니, 타이밍을 놓치면 나중에 아무런 제재도 할 수 없을 것같이 급박한 사정이 되었습니다. 마침 그날은 일요일이었는데, 우리를 보호할 수 있는 유일한 힘은 우리 자신이라는 생각을 하고, 태어나서 처음으로 시위를 주도할 생각을 하게 되었습니다.

월요일 아침, 전교생을 체육관으로 부르고, 출근하는 교사들도 참여하게 한 다음, 우리의 현황과 구청의 비협조적인 자세를 설명했습니다. 학교와 아이들의 안전을 위해 우리 스스로 우리의 권익을 지켜야 할 때가 왔다고 이야기했습니다. 교사들의 협조로 오전 9시에 질서 정연하게 전교생이 교문을 빠져나와 우리 학교 주변도로 3개를 막고 길 위에 앉았습니다. 4,000여 명의 학생들이 시민으로서 행하는 첫 시위였던 셈입니다.

마음으로는 두렵고 걱정되었지만, 엄마의 마음으로 버텼습니다. 교통정체가 시작되고 도로상황이 나빠지자, 구청직원들

과 신문기자, 멕시코 주 경찰들도 몰려왔습니다. 마을 사람들
도 우리 곁에 와서 앉습니다. 시위를 시작한 지 2시간 만에 공
사현장에는 금지를 표시하는 경계 띠가 둘러졌고, 공사를 하
던 장비는 철수했습니다. 우리는 공무원이 작성한 서류에 서
명을 했습니다.

외국인 수녀이기에 당할 수 있는 어려움을 우리 아이들 덕
분에 해결했습니다. 때때로 선교지에서는 드세게 몰아붙여야
문제가 해결되는 경우도 있습니다. 덕분에 구청직원들은 제게
'펠레오네라peleonera'(싸움쟁이)라는 별명을 붙여 주었습니다.

희망이 사랑을 꽃피우고
사랑이 세상을 꽃피웁니다

그저 가만히 지켜볼 뿐인데
아이들은 열심히 자라줍니다

내일을 꿈꿀 수 없던 아이들에게 꿈꾸기를 격려하는 일.
가난한 아이들에게 따뜻한 밥을 먹이고,
쾌적한 잠자리를 제공하고, 희망을 전해주면서
그들이 이 우주 안에 '가장 소중한 존재'임을 깨우쳐주는 일.
그것이 제가 하는 일입니다.

쉽지 않은 일이지만,
저의 진심을 담아 마주앉은 아이의 눈을 바라보고,
아이의 이야기를 들어줍니다.
그리고 엄마의 마음으로 아이를 지켜봅니다….

그렇게 가만히 지켜봐주면 아이들은
말로는 의욕이 없다, 꿈이 없다, 투정부리면서도

지난해보다 더 구체적인 생각을 하고,

막연할지라도 자신의 꿈을 향해 조금씩 조금씩 움직입니다.

그렇게 아이들은 느리지만 열심히 성장해갑니다.

아이들을 통해 제 인생의 보람과 만족이 구체화됩니다.

아이들이 꿈을 꾸고, 그 꿈에 대해서 이야기하고,

저의 의견을 묻고, 실천하고 체험하면서

성공과 실패의 경험을 나누는 시간.

그 시간 속에서,

그 아이들의 희망 안에서,

저는 진정으로 행복해집니다.

"마리아수녀회 수녀님들이 키운 아이라면 괜찮아."

오랜 기간 동안 마리아수녀회가 하는 일을 돕고, 낙태의 위험에서 구조된 어린 생명들이 분 냄새 풍기면서 예쁘고 건강하게 자라는 것을 봐오신 자원봉사자들은 가끔 이런 말씀을 하십니다.

"여기에서 자라는 아이들은 복 받았어요. 정말 건강한 환경에서 수녀님들과 이웃들의 사랑을 받으며 잘 자라고 있으니까요. 제가 대학생들도 가끔 만나는데, 참 반듯하게 잘 컸어요. 학교생활도 잘하고 예의도 발라서 너무 기특하고 예쁩니다. 그 학생들을 지켜본 제 친구는 어느 날 이런 말을 했어요. '마리아수녀회 수녀님들이 키운 아이라면 우리 며느리 삼아도 될 것 같아요.'라고 말입니다."

그분의 환한 얼굴을 보면서 제 마음도 참 기뻤습니다. 우리가 받을 수 있는 최고의 칭찬 같았지요.

졸업생들의 이야기를 들어보면, 자립해서 스스로 살아남아야 하는 졸업 후 10년이 제일 힘들고 어려운 시기라고 합니다. 사회의 편견과 불평등한 기회 때문에 더 많은 노력이 필요하지만 자주 포기하거나 좌절하게 된다고 하였습니다. 가장 슬프고 아플 때는 사랑하는 사람이나 그의 가족들이 우리 아이의 과거(?)를 알고 난 후 차갑게 돌아설 때라는 이야기도 했습니다.

그래서 지금 우리 곁에서 자라는 아이들에게 꾸준히 가르치고 있습니다. 나중에 졸업하고, 잘 준비해서 정말 사랑하는 사람과 한평생을 같이 살고 싶을 때 그 상대방과 그의 가족들이 "너는 마리아수녀회 수녀님들이 키운 아이구나, 그렇다면 괜찮아."라는 말을 들을 수 있도록 지금 여기에서, 가정교육 잘 받고, 반듯하게 성장할 수 있도록 격려합니다.

세상이 우리를 밝고 편안한 마음으로 바라볼 수 있도록, 우리 또한 우리 아이들을 참사랑으로 사랑해야겠습니다.

세 가지 소원

첫 영성체 할 아이들 178명의 찰고를 마쳤습니다.
178번의 포옹과 따뜻한 말과 축복을
전해줄 수 있어서 감사했습니다.
문답을 외우느라 긴장했던 아이들의 얼굴에
미소가 피어오르는 순간은,
아이들에게 세례성사 받을 때 하느님께 청할
'세 가지 소원'을 물었을 때입니다.

진짜 엄마를 만나고,
꿈을 이루고,
건강하고 행복하게 살다가 천국 가는 것… 등등,
여러 이야기를 들으며
마음이 뭉클해졌다가, 뜨거워졌다가,

애처로워졌다가, 웃음 터지는 순간도 있습니다.

오직 하나, 제가 그들에게 전해주는 말은 이것뿐입니다.
"하느님이 너를, 너 하나만을
정말 사랑하고 계신다는 사실을 잊지 말아라."

* 참고 : 새로 세례를 받을 예비 신자에게 영세를 받을 준비가 다 되어 있는지의 여부를 시험하는 일.

희망이 사람을 꽃피우고
사랑이 세상을 꽃피웁니다

다르게 태어났거나
다르게 사는 사람들에게

한국 마리아수녀회가 운영하는 교육사업은
그 성격이 좀 특별합니다.
우리 아이들은 일반적인 학생들과 조금 다릅니다.
친부모님의 보호와 사랑 속에서
유년기와 청소년기를 보내지 못하고,
지역주민들의 편견 때문에
집과 가까운 학교에서 공부하기도 좀 어렵습니다.

또한 고등학교를 졸업하자마자 양육시설을 떠나
홀로서기 해야 하기 때문에 좀 더 특별한 교육이 필요합니다.
이와 같은 처지의 청소년들을 제대로 준비시키기 위해
우리 공동체 안에 초중고등학교를 설립해 운영하고 있습니다.
그래서 우리 아이들은 수녀들을 엄마로 여기며,

아주 어린 시절부터 함께 살게 된 가족 공동체입니다.
피치 못할 사정으로 인해,
자신의 의지와는 무관하게
말 그대로 '남다른' 인생을 살게 된 아이들,
고등학교를 졸업한 이후에도
수많은 '다름'을 경험하게 될 아이들에게
졸업 전에 제가 해주는 이야기 중 하나는
바로 '다르게 살라'는 것입니다.
어차피 남다른 인생, 처음부터 다르게
그리고 자신 있게 출발하기를 바라면서 전하는 말입니다.

어떤 이는 '다름'을 멸시하고 낮추어 볼 것입니다.
어떤 이는 '다름'을 값싼 동정의 이름으로 우롱합니다.

또 어떤 이들은 '다름'을 여러 가지 방식으로 악용하기도 합니다.

그러나 그 '다름'은 '잘못'이 아닙니다.

'다름'을 감추거나 회피할 필요가 없습니다.

'다름'을 진심으로 받아들이고,

그 '다름'이 고유의 강점으로 부각될 수 있도록

당당하게 살아가면 됩니다.

다르게 산다는 것은,

반전을 준비하는 것입니다.

개천에서 용이 날 수 없다고

우리를 좌절시키는 수많은 여건 속에서도

좌절하지 않는 것입니다.

꿈을 꿀 수 없는 상황에서도 꿈꾸는 것입니다.

다르게 산다는 것은,
죽기까지 하느님을 잊지 않는 것입니다.

다르게 산다는 것은, 집으로 돌아오는 것입니다.
모두가 다시 돌아보고 싶지 않다고 할 때도
자신의 보금자리와 자신을 사랑해준 사람들을
마음으로 버리지 않는 것입니다.

다름을 있는 그대로 인정하고,
다르게 살기 위해 노력할 때에야
비로소 우리는 '다름'을 넘어선
'특별한' 존재가 됩니다.

내가 마음을 열고
미풍처럼 타인에게 먼저 다가가면
그들도 나에게 마음을 엽니다.

내가 마음의 문을 닫는 순간
나는 돌멩이가 되어
다른 사람이 피해야 하는 존재가 됩니다.

지금 여기에서
정성껏 살게 하십시오

생각 없이 사는 것 같으면서 많은 생각을 하고 있습니다.
아이들 속에서 아이처럼 지내며 산속을 돌고,
산 중턱 흰 눈 위에 낙엽으로 금을 그어 피구도 합니다.

돌아와서 운동화를 빨고,
더러워진 앞치마와 수도복도 빨고,
뜨거운 물에 발을 담그면서,
'참 편하게 살고 있는 나'를 바라봅니다.
그렇습니다. 미래에 대한 아무런 계획 없이,
이웃을 바라보아도 어떤 편견이나 판단 없이,
시간에 쫓기거나 끝내야 할 일에 대한 부담 없이
편하게 지내고 있습니다.

그래서 많이 감사하고 내심 행복합니다.

그러다가 때때로 과거의 것들이 역류해서 올라오면

마음이 불편해지기도 합니다.

하지만 그것이 이제 존재하지 않는

'과거의 것'임을 자각하는 순간, 일시에 사라지는 허상임을

알고 있다는 사실이 중요합니다.

진지하고 순한 마음으로 주님께 빕니다.

"지금 여기에서, 정성껏 살게 하십시오."

사랑은
사람을 꽃피웁니다

해솔이.

처음 만났을 때 무표정하던 아이의 눈과 입꼬리에

어느새 웃음이 달랑달랑 매달려 있습니다.

"수녀님 덕분이에요. 진짜진짜 감사해요." 하며

폴짝 뛰어올라 자신의 다리로 제 허리를 휘감아 안습니다.

두어 달 전 처음 포옹할 때,

우리 둘의 배 사이로 축구공 2개는 들어갈 정도로

몸을 사리며 안기는 것을 어색해하던 아이였는데 말입니다.

변화된 아이의 모습이 저를 기쁘게 합니다.

숨겨져 있던 해솔이의 아이다운 본연의 모습을 볼 수 있어

고맙고 행복합니다.

해솔이뿐만 아니라 아이들 하나하나가
제 눈에 사랑스러운 것도 감사합니다.
아이들도 제가 밝은 얼굴로
자기를 맞아줘서 고맙다고 말합니다.

소중한 것을
지키는 일에는

아이들이 학교 가는 길에 있는
미루나무 다섯 그루를 하루 종일 쳐다봅니다.
근처에 테마 숲이 조성되면서 차도 하나가 없어지는 바람에
학교 가는 길이 복잡해져서 나무 몇 그루를 베어내자는
의견이 나왔기 때문입니다.

스무 해는 족히 살았을 법한 나무.
이 길을 오가던 이들의 표정과 몸짓,
무수한 사연들을 담고 있는 나무를 베어내는 일은
쉽지 않습니다.
그 길가에 서서 오래 그들을 바라봅니다.

그리고 결심합니다.

그중 두 그루를 베어버리기로.
오가는 운전자의 눈에 아이들이 보이지 않을까 봐,
달려오는 차를 아이들이 보지 못할까 봐….

소중한 것을 지키는 일에는
아픈 희생이 따르기 마련입니다.

너에게는
역전의 기회가 있다

사고로 온몸이 마비되어 병원에서 생활하는 소년이 있습니다.
가끔은 명랑하고 가끔은 우울해 보이는 그 아이에게
내가 해줄 수 있는 부활인사를 생각합니다.
그 아이, 청춘의 돋아 오름이,
자유가 멈추어버린 것 같은 시간에 그가 겪을
아픔과 답답함과 고통은
끝내 헤아리지 못할 것입니다.

하지만 한 가지 전해주고 싶은 메시지가 있습니다.
너에게는 역전의 기회가 있다!
모든 좋은 것을 다 물려받고
최고 학벌을 가졌고 엄청난 유산을 가진 사람이라면
그가 가진 기회란, 지금의 것을 유지하는 것이거나

아니면 상실할 것이지만

너에게는 생애 전체를 통해 이루어가는

작은 몸짓 하나하나가 감동이요, 반전이라는 것을.

보통 사람이 긋는 선은 일반적이지만

네가 어렵게 찍어가는 점은 특별하고 고귀하다는 것을.

지금 너에게 없는 모든 것이,

지금 너를 아프게 하는 모든 것이

하늘이 너에게 주는 환희의 기회라는 것을.

그러니, 청춘아, 절망하지 마라.

희망이 사람을 꽃피우고
사람이 세상을 꽃피웁니다

무력한 마음

미국 비자를 받으러 갔다가
단지 가난해 보인다는 이유로
두 번이나 퇴짜 맞은 우리 학생들.
서류와 영수증을 떠나서 담당 영사의 '느낌' 하나에
수천 명의 미래가 꺾여버리고 마는 현실 때문에
저는 오늘 상처받은 마음, 무시당한 마음, 무력한 마음을 맛봅
니다.

부모 없이 자랐다는
이유 때문에

10년 전에 시몬 반에 가끔 오던 아이가
스물다섯 살 청년이 되어 이력서를 들고 찾아왔습니다.
열심히 사는 삶이 착한 얼굴에 그려져 있습니다.
항상 도도하던 찬항이 친구.
언제나 방으로 들어가 자기들끼리만 놀던 아이들.

부모 없이 자랐다는 이유 때문에
지금도 여전히 많은 좌절과 내침을 체험하는 아이.
그래도 어느 한쪽 구겨진 자리 없이
편하고 밝게 자기를 열어 보이는 아이.
그의 아픔이, 그의 아픈 실연과 추억이,
마치 내 것이라도 된 듯이 아픕니다.

그래서 기도합니다.

온갖 위로의 샘이신 주님께.

그를 위로해주소서.

그를 안아주소서.

그에게 빛과 영광을 주소서.

버려졌는지
아니면 길을 잃었는지

시립일시보호소에서 자신의 뿌리를 찾는 청년. 눈으로 웃습니다.
"그래도 그렇게 없어 보이지는 않네요.
궁금했어요.
내가 버려졌는지, 아니면 길을 잃었는지….
버려졌겠지요? 세 살짜리가 외투를 세 장이나 껴입었네요.
그냥, 궁금했어요…."

눈물 흘리지 않고 고운 선 그으며 웃는
그의 검은 눈이 슬픕니다.
"그때가 벌써 세 살이었는데,
제 호적에는 제가 발견된 날이 생일로 되어 있어요.
호적상 나이는 스물다섯인데, 그럼 제 실제 나이는
스물여덟이란 거잖아요. 이런…."

"많이 울었어요. 술도 많이 마셨어요.
좋아하는 사람이 있었는데
보육원에서 자랐다고 하니까
그다음 날 연락을 끊었어요."

천국은
그들의 것입니다

'고아'라는 말, 쉽게 입에 올리지 마세요.
신문기사 가운데 박힌 그 두 글자 때문에
다시 상처받는 아이가 있습니다.
'버림받음'과 '잃어버림'의 차이에서
천국과 지옥을 오가는 아이,
자신의 뿌리를 찾아서 가출했던 그 아흐레의 흔적 때문에
꿈꿨던 기업의 면접에서 떨어지는 아이도 있습니다.

부모 없는 청년이어서,
고아원에서 자라서, 배경도 학벌도 없어서,
당신 딸이 그와 만나는 것을 막는 그대여,
생각해보십시오.
그 아이가 어쩌면 당신이 버린 아이일 수도 있습니다.

당신 형의, 누나의, 동생의, 언니의, 오빠의,
엄마의 아이일 수도 있습니다.
누가, 누구를 없이 봅니까?
누가, 누구의 희망과 사랑을 짓밟을 수 있습니까?

그래도 용서하고
그래도 살아 있는 저 영혼에게 절하지는 못할망정
함부로 '고아원'을, '고아'를 들먹이지 마세요.
천국은 그들의 것입니다.

희망이 사랑을 꽃피우고
사랑이 세상을 꽃피웁니다

B사감과 러브레터

청소년들과 함께 사는 우리의 나날.

밝고 아름다운 일들도 많지만 속상하고 답답한 일도 많은데,

그중에서도 이 철부지들의 연애편지는

저를 'B사감과 러브레터'의 노처녀 사감선생으로 만듭니다.

상상력이 풍부하고 한창 호기심이 가득한 나이들이라

우리 손에 들어오는 편지 속에는

차마 한국어로 번역할 수도 없는 말들로 가득합니다.

감정적인 이 아이들이 원하는 대로 다 하도록

버려두지 않는 것이 부모의 역할이듯이,

이 가난한 아이들의 엄마로 제 생애를 봉헌했으니

융통성 있고 설득력 있게 아이들을 가르쳐야 하는 것이

제 일입니다.

따지고 보면, 마음 안에 이는 온갖 상상과 꿈을

글로 표현하는 것이 다른 행동보다 안전하고
정서적으로 도움이 됨을 알고 있습니다.
또 우리의 보호 아래 있기 때문에
그렇게 나쁜 일은 일어나지 않을 것입니다.
그러나 '유비무환'하기 위해
필요 이상으로 마음 상해하고,
야단치고, 잔소리하고, 가르치고 있습니다.

제가 맡은 이 꽃다운 아이들에게
예수님의 가르침을 전하기 위해
저는 늘 눈살 찌푸린 노처녀의 모습을 하고 있습니다.
좀 더 부드럽고 좀 더 이해심 많은 언니처럼
이 아이들 속에서 살고 싶은 소망이 있습니다.

희망이 사람을 꽃피우고
사람이 세상을 꽃피웁니다

언젠가는 안절부절못하고 속상해하는
우리의 모습을 상기하며 웃을 우리의 열매들,
그들이 제발 그리스도의 자녀답게 자라 성가정을 이루고,
이곳 사회 안에 뿌리박힌 부정한 도덕관념을 바꾸어놓는
참사랑의 도구가 되기를 기대합니다.
그 대가로 저는 더욱 희생하고, 더욱 기도하며,
더욱 깨끗한 삶을 살아가야 할 것입니다.

내가 훈이 친엄마라면
어떻게 했을까?

오늘은 덩실덩실 춤이라도 추고 싶은 날입니다.

아무 대책도 없이, 어떤 금전적인 보장도 없이 오직 연주하는 것이 행복해서 전자기계 고등학교를 졸업하자마자 미국으로 건너가 8개월 만에 명문 음악대학 2곳에 합격해 화제를 모았던 훈이에게 대학을 졸업할 때까지 학비를 지원해주겠다는 후원자가 나타났고, 오늘 확답을 받은 날이기 때문입니다.

훈이는 우리 아들입니다. 그는 19년 동안 친구들과 소년의 집에 옹기종기 모여 살면서 너무나 조용하고 평범하게 자랐습니다. 그는 지난 2010년 소년의 집 오케스트라가 카네기홀에서 공연을 할 때 고등학교 1학년으로 바이올린을 연주했습니다. 그 전율이 이는 감동의 순간을 체험하면서 자신의 꿈이 연주자가 되는 것이라는 확신을 얻게 되었습니다.

희망이 사람을 꽃피우고
사랑이 세상을 꽃피웁니다

소년의 집을 졸업하는 친구들은 보통 대기업이나 중소기업에 취업해서, 보호받던 공간을 떠나 스스로 살아갈 길을 찾아야 합니다. 훈이도 그렇게 친구들처럼 집을 떠났고, 우리는 그가 잘 지내고 있는 줄 알았습니다. 그런데 지난해 초, 부산시의 어느 공무원이 신문기사를 읽고 전화했다면서 그 기사의 주인공이 우리 아이가 아니냐고 물어왔습니다.

그제야 우리는 부랴부랴 신문기사를 검색했고 그 아이가 1년 전에 졸업해 집을 떠나간 훈이라는 사실을 알게 되었습니다. 기사의 내용은 이렇습니다. 훈이가 무작정 미국으로 건너가 알고 지내던 형의 도움으로 유명 음대 시험에 합격했습니다(그 형이라는 분은 예전에 소년의 집에 자원봉사자로 와서 훈이에게 바이올린을 가르쳐준 분입니다). 그런데 학비가 없어서 입학을 할 수 없게 되었고, 도움을 요청한다는 내용의 기사였습니다. 훈이가 다급한 마음에 자신의 이야기를 신문사에 보낸 것입니다.

퍽 대견하고 자랑스러운 소식이지만, 차마 우리에게 손을 벌리지 못하고 이렇게 세상에 자신을 드러내야 하는 훈이의 입장이 많이 속상하고 안타까웠습니다. 그와 친하게 지내는 아이를 통해 연락처를 알아내어 우선 집으로 오라고 했습니다.

훈이가 합격한 그 대학은 예술고등학교를 졸업한 아이들도 합격하지 못하는 경우가 많다고 합니다. 그런 아이들은 엄마와 함께 미국에서 1년 이상을 더 머물며 그 학교에 들어갈 기회를 찾고 있다고 하고요. 그만큼 어려운 관문을 통과한 훈이는 자신의 그러한 끈기와 노력으로 한 단계 더 올라섰습니다. "제가 이만큼 해내었으니 이제 저 좀 도와주세요."라고 세상에 외쳤던 것이죠. 그런 훈이의 태도가 무척 감격스럽고 기특해서 저도 어떻게든 학업을 계속할 수 있도록 도와주고 싶었습니다. 그래서 후원자를 구하기 시작했습니다.

하지만 미국 대학의 학비가 상상 이상으로 너무 비싼 데다 주변의 반응도 냉랭했습니다. 훈이의 선배들이 회원으로 있는 카페에 공지해서 선배들의 도움을 받고, 주변의 은인들에게 개별적으로 찾아가 도움을 요청해서 겨우겨우 입학금과 첫 학기 등록금을 맞췄습니다. 그리고 나니 훈이가 미국으로 들어갈 비행기표 살 돈만 남았습니다.

그렇게 미래에 대해 아무런 약속도 해주지 못하고 아이를 다시 낯선 곳으로 보냈습니다. 그리고 늘 노심초사하면서 지냈습니다.

'내가 훈이의 친엄마라면 어떻게 했을까? 무엇을 했을까?'

마치 조각천을 모아 밤새 바느질을 해서 생계를 이어가는 가난한 엄마처럼, 저는 기회가 있을 때마다 훈이의 학비를 모으는 데 연연하고 있었습니다. 멕시코에서부터 친언니처럼 아끼며 지내온 지인이 미국으로 거처를 옮겼다는 소식을 듣고 조심스레 부탁했습니다.

"언니, 보스턴에서 혼자 음악공부하고 있는 아이가 있는데, 학비조달도 어려워 용돈 한 푼 못 주고 있어요. 그 아이가 졸업할 때까지 매달 용돈 좀 도와줄 수 있으세요?"

언니는 즉시 그렇게 하겠다고 했고, 매달 훈이에게 용돈을 송금해줍니다.

며칠 전에 훈이에게서 문자메시지가 왔습니다.

"수녀님, 저 다음 학기 학비가 가능할까요? 벌써부터 여름에 기숙사에서 나오면 머물 방을 구해야 한대요."

저는 갑갑한 마음을 담아 "지금도 모으고 있는 중이야."라는 답을 했고, 그는 "네. 감사합니다."라는 글을 남겼습니다.

그리고 하루 뒤, 건축회의를 시작하려고 하는데 소장님이 기쁜 소식이 하나 있다고 말을 꺼냈습니다. 제주도에 살고 계신 지인이 대학생 한 명에게 입학부터 졸업까지 학비 전부를 지원해주겠다고 하는데 혹시 추천할 학생이 있느냐는 내용이었습니다. 그 말이 바닥에 떨어지기라도 할까 봐 저는 손을 번쩍 들며 난리를 피웠습니다.

"훈이요. 훈이!"

그리고 이런저런 사정을 말했습니다. 그리고 덧붙였습니다.

"아니, 훈이보다 저 좀 살려주세요. 매번 학비 걱정하면서 고생하고 있는 그 아이가 눈에 밟혀서 제가 도무지 다른 일에 집중할 수가 없어요. 플리즈, 플리즈."

소장님은 소란을 피우는 저를 진정시키고, 학비의 액수와 기간, 학생에 대한 정보를 알려달라고 했습니다. 후원을 신청한 분과 연락한 뒤에 알려주겠다고 하셨습니다. 그리고 하루가 지난 오늘, 이 커다란 소식을 전해온 것입니다. 사랑의 고리 역할을 해주신 소장님께 감사드렸지만, 소장님은 "수녀님의 기도발 덕분이지요."라며 그 공을 돌리십니다.

지금 보스턴은 새벽 1시지만, 훈이가 조금이라도 빨리 발 뻗고 자길, 연습에만 집중할 수 있기를 바라면서 문자메시지를 남겼습니다.

희망이 사람을 꽃피우고
사람이 세상을 꽃피웁니다

"훈아, 너 졸업할 때까지 학비 지원해주실 분 찾았어. 이젠 걱정하지 말고 연습과 공부에만 집중해."

내일은 이 행복한 소식을 좀 더 상세하게 전하며 한 가지만 부탁하고 싶습니다.

"이제 넌 은혜를 잊지 않고 살면 돼!"

나의 사랑은 의리다

어제는 한 달 전 미국여행을 다녀온 아이들 5명을 만나 그 동안 누구에게도 털어놓지 않았던 저의 가족사까지 더해가며 이야기를 나누어야 했습니다. 사연은 미국문화를 탐방하고 돌아온 아이들이 며칠 전 워싱턴에서 오신 후원자와 시내에서 식사를 하고 헤어졌다는 사실을 카카오스토리를 통해서 알게 되었기 때문입니다. 우리 집에서 아이들이 후원자들을 만나고 외식을 하는 일은 특별한 이슈가 되지 않지만, 이번 일은 매끄럽지 않은 뒷이야기가 있기 때문에 꼭 한번은 짚고 넘어가야 했습니다.

한 달 전 미국에서 자수성가하신 교포들이 자신들의 사비를 털어 부산 지역에 있는 중고생들을 초대해주었습니다. 아이들이 미국문화를 경험하고 명문대학들을 직접 둘러보면서 더 큰 꿈을 키우도록 도와주는 굉장히 의미 있는 일입니다. 그런데

희망이 사람을 꽃피우고
사람이 세상을 꽃피웁니다

내부 사정으로 인해 학생 한 명이 추천에서 탈락하는 일이 생겼습니다. 우리의 입장을 잘 알지 못하는 담당자는 분노했고, 수녀들이 학생 한 명의 미래를 망쳐놓은 것처럼 비난하면서 상황은 악화되었습니다.

태어나는 그 순간부터 17년이라는 시간을 아이와 함께하고, 그 누구보다 헌신적으로 아이들 중심으로 살아온 우리로서는 섭섭하기 이를 데 없는 비난이었습니다. 모욕감까지 들게 하는 장문의 이메일을 그 담당자로부터 받았습니다. 솔직한 심정으로는 나머지 학생들의 참여도 취소하고 싶을 정도였으나, 많은 기대와 설렘으로 준비한 아이들을 실망시킬 수 없어서 내색하지 않고 아이들을 미국으로 보냈습니다. 좋은 시간을 보내고 돌아온 아이들은 그곳에서 만났던 은인 한 분을 우리 집이 아닌 밖에서 따로 만나고 헤어졌다고 했습니다.

우리 아이들은 보호가 필요한 아이들입니다. 공공연하게 부모가 없는 아이들로 알려진 아이들이기도 하지요. 보육시설에서 자라는 아이들의 참 성장을 돕기 위해서는 양육하는 자와 기관의 책임자, 주변의 환경과 교육까지도 각자가 책임을 나누고 제 역할을 해야 합니다. 하지만 일부 후원자나 봉사자들은 눈앞의 아이에게 잘해주는 것만이 사랑이라고 생각하고, 책임을 가진 어른들과는 소통하지 않는 경우가 있습니다. 이와 비슷한 상황이 또다시 일어나서는 안 되겠다는 생각이 들었습니다. 이 아이들은 모두 우리 집의 큰 아들, 큰 딸들이고, 성적도 품행도 훌륭한 아이들이어서 더 가르쳐주어야겠다는 생각을 했습니다.

아이들의 태도와 후원자들과의 관계를 보면서 문득 친정엄마 생각이 났습니다. 가족들끼리 감정싸움이 나서 큰집과의 왕래가 완전히 끊어져버린 사연입니다. 아버지에게는 형이 한 분 계셨고 굉장히 사이좋게 지내셨는데, 큰아버지께서 돌아가시고 못자리에 관해서 의논하다가, 엄마와 아버지께서 아주 옛날에 돌아가신 큰어머니의 묘도 큰아버지 곁에 모시면 어떻겠느냐는 말을 꺼냈습니다. 재혼하신 현재의 큰어머니와 그의 자녀들이 크게 화를 내고, 집으로까지 찾아와 엄마에게 말할 수 없는 모욕을 안겨주었습니다. 저는 그 사실을 휴가 가서 알게 되었습니다. 그때부터 저도 큰집 가족들과 교류를 하지 않고 있습니다. 무슨 특별한 미움이나 원망이 있어서도 아니고, 짧은 휴가 기간 동안 이곳저곳 찾아다니며 인사할 겨를이 없어서이기도 하지만, 제 마음은 엄마가 살아 계신 동안은 그렇게 거리를 두고 싶었습니다. 저는 그랬습니다. 평범하기 이를 데 없는 보통 엄마이지만, 적어도 그의 딸인 저는 엄마 편이고 싶었습니다. 이렇게 의리를 지키는 것이 엄마를 향한 제 사랑이라고 생각했습니다.

후원자들을 만나고, 맛있는 밥을 먹고 그들과 꾸준한 교류를 이어가는 일은, 소외되기 쉬운 환경과 사회적인 여건으로 자연스러운 대인관계 형성에 어려움을 겪는 우리 아이들에게는 꼭 필요한 일입니다. 때문에 그 일 자체를 탓하거나, 불편한 시선으로 보려는 것은 아니었습니다.

저는 우리 아이들이 자기들뿐만 아니라 자신들이 태어나기 전부터, 죽음보다는 생명을 선택하기를 격려하고, 태어나는 그 순간부터 오늘까지 여느 부모들과 같이 노심초사하며 그들을 키우고, 그들의 참 행복을 소망하고 있는 수녀 엄마들의 존재를 존중해주는 사람들을 만났으면 좋겠습니다.

한 아이를 향한 온전한 사랑이란, 그의 환경과 가족과 친구와 조건까지도 존중해주고 사랑하는 것이라는 점을 알아주었으면 좋겠습니다. 멀리 타국에서까지 아이들을 찾아와서 그들의 보호자와는 단 한 마디의 인사도, 그들이 사는 집에도 와보지 않은 채 지금 여기의 아이 하나를 마치 별에서 떨어진 듯이 귀하게 여기고 사랑하는 그런 사랑이야말로 우리 아이들을 진짜 고아 취급한다는 사실에 자존심이 상했으면 좋겠습니다.

비록 아이들의 생각이 저의 생각과 같지 않다 하더라도 저는 이렇게 제 마음을 털어놓고, 다음에는 그분들을 우리 집으로 초대해서 우리가 감사드릴 수 있는 기회와 서로를 더 알 수 있는 기회를 만들어주기를 부탁했습니다.

희망이 사람을 꽃피우고
사람이 세상을 꽃피웁니다

하고 싶은 말이 있었는데
하고 싶은 일도 있었는데
결국 아무 말도, 아무 일도 못하고
밤을 맞이합니다.

잊혀지는 일을 당연히 여기고
보상이 주어지지 않는 일에 대해 서운해하지 않고,
내가 하지 않아도 되는 일은 과감하게 맡기고
누군가 부탁하지도 않은 일은 나서서 하지 말고,
공연히 연연하고 간섭하지 않으며
늘 해결하고 끝을 보아야 일을 다 한 것 같은
이 어마어마한 책임감에서 벗어나게 하소서.

당신의 계획

마리아 막달레나 데 라 크루즈 엘 앙헬. 14세.

어릴 때 아버지 없이 태어나 방랑기 있는 엄마로부터 버림받고

줄곧 할머니, 할아버지의 보호 아래 자라난 아이.

친엄마가 자기를 버렸으며

도시에서 살면서 거의 한 달에 한 번씩

남자를 바꿔치기하는 여자라는 사실을

다 알고 있는 사춘기 소녀.

우리 학교에 들어온 후

부푼 꿈과 희망으로 친척들의 얼굴에 웃음을 던져주던 아이가

패혈증에 걸려 순식간에 숨을 거두었습니다.

그녀의 손에 묵주를 쥐어주고

성모님께 기도할 것을 얘기해준 후 약 2시간 동안,

의사들의 분주한 움직임에도 불구하고 하늘나라로 갔습니다.
영생 없는 우리의 삶이란 얼마나 허무합니까!
생명 없는 우리의 육체는 얼마나 초라합니까!
당신을 빼고 나면 우리는 아무것도 아닙니다.

생명 없는 아이를 닦아주고 옷 입혀주면서
제가 느낀 감정, 그리고 가족들에 대한 동정심,
집에 있는 아이들의 기도와 조심스러운 몸가짐들,
두 번의 미사와 장례지에서의 초라한 눈물들….
제가 이곳에 없었다면 감히 경험하지도 못했을 일들입니다.

안으로 살 떨리는 것,
당신 이름을 부르면서 겨우겨우 참으며

모든 사건을 정리합니다.

그저 놀랍고, 가슴에 큰 구멍이 뚫린 듯

늘 한숨이 아주 깊숙한 메아리를 내며 되돌아옵니다.

내가 전혀 꿈꾸지도, 계획하지도 못했던 이 모든 일들은

분명히 당신의 계획이었음을 믿습니다.

막달레나에게 영원한 안식을 주소서.

"수녀님 덕분에
제가 있어요."

선교지에서 십수 년을 보내다 돌아온 제가 한국 생활에 적응하고, 국내 사회복지사업의 흐름을 이해할 수 있도록 수녀회에서는 두 가지 배려를 해주었습니다. 하나는 초등학교 2학년 남자아이들의 생활실에서 함께 지내는 일, 그리고 또 하나는 사회복지학 공부를 허락하신 것입니다. 저에게는 두 가지 모두 새롭고 즐거운 일이었습니다. 초등학교 2학년 남자아이들 10명과 함께 놀아주고 외국어로 된 재미있는 노래를 가르쳐주는 것도 즐거웠습니다. 학교에서 돌아온 아이들과 축구를 하거나, 등산을 하는 것으로 쉽게 친밀해질 수 있었습니다.

그렇게 3개월 동안 명랑하고 유쾌한 꼬마들과 지내는 동안 아이들의 개성과 특징을 조금씩 볼 수 있게 되었습니다. 그들 중에 유난히 눈빛이 검고 초롱초롱하고, 목소리가 또렷하고,

몸집이 탄탄한 아이가 양육을 책임지고 있는 선생님 한 분과 자주 부딪히고 있음을 보았습니다. 유독 그 선생님이 출근하는 날에는 아이의 태도가 돌변했고, 화를 조절하지 못했습니다. 책상을 밀어 냉장고를 찍으며 반항심을 표출하기도 했습니다. 저는 그 아이 곁에 책임 양육자가 아닌 수녀 이모로 가 있었기에 결정권이나 책임을 가진 상황이 아니었습니다.

날이 갈수록 아이의 태도는 더 난폭해지고, 친구들은 그에게 콧물을 많이 흘린다는 이유로 '콧물짭짭'이라는 별명을 붙이며 놀렸습니다. 어느 날 소년은 화장실에 들어가 스팀 파이프에 머리를 찧으면서, 자기는 태어나지 말았어야 한다며 울부짖었습니다. 저는 옆에서 달래고 어르고, 차분히 시간을 보내면서 아이의 감정이 진정되기를 기다렸습니다.

그런 일이 있은 후에 조금 더 자세히 아이와 담당 직원과의 관계를 지켜보았습니다. 담당 직원은 미혼여성이어서 양육경험이 부족했는데, 일부러 그랬을 리는 없겠지만, 끊임없이 아이의 자존감을 낮추는 말과 분노를 유발시키는 태도를 보였습니다. 하지만 다른 아이들과의 관계는 좋았습니다. 저는 이 두 사람의 관계를 개선시킬 방법을 찾다가, 개성이 뚜렷한 아이들을 잘 다룰 수 있는 경험이 풍부한 양육 선생님께 이 아이를 맡기는 것이 더 나을 것이라는 판단을 했습니다. 아이의 의견도 묻고, 시설 책임 수녀님의 협조도 구해서 드디어 초롱초롱한 눈빛의 꼬마는 새로운 생활실에서 새로운 친구들과 지내게 되었습니다.

그리고 얼마 후 저의 소임도 바뀌었습니다. 그러고 나서 시간이 한참 지나 5월 8일 어버이날, 그 꼬마가 작은 과자 한 봉지와 아주 작은 카드 한 장을 내밀었습니다. 이제 초등학교 3학년이 된 아이는 학교생활도 재미있고, 콧물도 흘리지 않아서 코밑도 깨끗해졌습니다. 그리고 중간고사에서 반에서 2등을 했답니다! 저도 덩달아 기뻐서 그의 손을 잡아주고, 칭찬해주었습니다. 아이가 떠난 뒤, 그가 전해준 카드를 읽고 마음이 뭉클해졌습니다. 그 카드에는 이렇게 적혀 있었습니다.

"말지 수녀님, 고맙습니다.
수녀님 덕분에 제가 있어요."

희망이 사람을 꽃피우고
사람이 세상을 꽃피웁니다

의롭고 용감한 믿음

　2002년, 태평양 연안의 세계적인 휴양지 아카풀코 주변의 한 산간마을에서 온 학생들 가운데 중학교 1학년인 루시아가 임신했다는 진단이 나왔습니다. 작고 메마른 몸집, 가난에 찌든 얼굴을 가진 이 소녀는 동생과 함께 시골길을 걷다 4명의 남자들에게 성폭행을 당했고, 그 즉시 우리 학교에 입학했는데 그 사건으로 폭력범의 아이를 갖게 되었습니다.

　이토록 잔인한 현실 앞에 망연자실합니다. 그 지역의 책임 신부님에게 연락했더니 그다음 날 새벽에 피곤한 모습으로 학교에 도착했습니다. 신부님은 애처로울 정도로 마르고, 초라한 복색에 맨발 차림이었습니다. 내 설명을 듣고 난 뒤 신부님은 엎친 데 덮친 격으로 같은 남자들로부터 루시아의 엄마마저도 이틀 전에 당했다고 했습니다. 루시아의 할아버지, 아버지는 몇 년 전에 그들에 의해 살해되었다고 했습니다. 그 남자들은 동네의 여자들을 모두 과부로 만들어놓고 원하는 시간에 원하는 사람들을 유린하고 있다고 했습니다.

가슴이 아팠습니다. 마을 사람들과 신부님의 침묵이 원망스러웠습니다. 모두들 겁에 질려 있었습니다. 저와 직접적인 관련이 있는 일은 아니었지만, 어떻게 가만히 있겠습니까? 저는 멕시코 대통령 영부인 사무실에 전화를 걸었습니다. 그리고 영부인의 협조로 검찰에 이 지역만을 위한 팀이 조직되었습니다. 신부님께 연락을 드리고, 증언할 수 있는 사람들을 설득해 주기를 부탁했습니다.

루시아는 그 사이에 멕시코시의 어느 수녀원에서 운영하는 미혼모의 집으로 갔고, 신부님은 직접 검찰 관계자들과 소통하기로 했습니다. 가난의 고리 또한 억세고 질기지만, 민중들이 힘없고 무지하기 때문에 당하는 형언할 수 없는 고통에 더욱더 큰 분노가 느껴집니다. 부디 그들이 용감한 믿음을 갖고, 합당한 지원을 시기적절하게 받아서 이제는 더 고통받는 일이 없기를 희망합니다. 우리들로부터 교육받은 아이들이 사회인이 되었을 때에는 세상이 훨씬 더 살기 좋고 의로워져 있기를 기도하고 또 기도합니다.

내 이름을 빌려서라도
억울함을 털어놓을 수 있다면

어느 날 점심식사 시간에 분원장 수녀님께서 저에게 뭔가 불편한 표정으로 말씀하셨습니다. 요즘 아이들이 너무 "말지 수녀님, 말지 수녀님." 하면서 저를 막강(?) 파워를 가진 사람으로 생각해 다른 수녀님들이나 선생님들께 예의를 거스르는 행동을 한다는 것입니다.

식사를 마치고 수녀님으로부터 자세한 내막을 들었습니다. 며칠 전, 석이라는 초등학교 4학년 아이가 담임선생님께 대든 일이 있었다고 합니다. 선생님께 반항하던 아이가 던진 마지막 말에 선생님도, 같은 반 친구들도 너무 놀라서 입을 다물 수가 없었다고 합니다. 석이가 이렇게 말했다는군요.

"선생님, 미워요! 말지 수녀님한테 다 말해주고 선생님 내쫓으라고 할 거예요."

분원장 수녀님은 석이가 선생님께 예의 없는 행동을 한 것은 사실이니까, 내일 아침에 아이와 함께 교실에 가서 공개적으로 사과를 하는 것이 좋겠다고 하셨습니다. 예측하지 않았던 일이 일어났고, 기관 책임자로서 제가 그 뒷수습을 해야 했으므로 그렇게 하겠다고 말씀드렸습니다.

아침에 교실로 이동하기 전에 석이를 만나 이야기를 나누었습니다. 선생님께 대든 것과 협박한 것은 옳지 않다는 것을 이야기하고, 화가 날 수 있지만 화를 잘 내는 사람은 지혜로운 사람이 아니라고, 그러니까 화가 날수록 다른 사람에게 상처를 주지 않도록 말을 잘 골라서 하라고 당부했습니다. 그리고 함께 사과하러 가는 이유를 이야기해주었더니 아이의 표정도 편안해졌습니다.

석이의 손을 잡고 4학년 2반 교실 문을 두드리니 아이들의 시선이 전부 제게로 쏠렸습니다. 자신들의 버릇없는 행동으로 인해 원장수녀가 젊은 선생님 앞에서 허리를 굽혀 인사하고 사과하는 모습을 보여준 것입니다. 저는 이 사과가 아이들에게도 새로운 배움의 기회가 되기를 기대하면서 최대한 공손하게 선생님께 사과의 말씀을 드렸고, 석이는 앞으로 이런 일이 없도록 하겠다는 말씀을 드리게 하고 교실을 나왔습니다.

그런데 학교에서 수녀원으로 내려오는 언덕길을 걷는 제 마음은 조금 전의 미안함과는 다른 마음이었습니다. 저는 지난 2년간 아이들의 권익을 위해 노력해왔고, 친부모 없는 아이들끼리 같은 교실에서 공부하고 성장하고 있는 특수한 여건을 대하는 일부 교사들의 문제적(!) 태도에 대해 강력하게 비난하고, 개선을 요구하고 있었습니다. 그런 저로서는 아이가 자기 생각에 교사의 태도가 부당하게 여겨졌을 때 누군가의 이름을 팔아서라도 반항할 수 있다는 사실이 다행이라는 생각을 했습니다. 교실에서조차 약자의 자리에 있는 우리 아이들이 제 이름을 빌려 자기가 억울하다는 생각을 털어놓을 수 있다면, 그것으로 인해 제가 날마다 선생님들께 허리를 굽혀야 한다 해도 괜찮습니다. 저는 우리 아이들이 매사에 더 당당하게 컸으면 좋겠습니다.

우리 아이들은 이상한 침묵에 익숙해져 있습니다. 어떠한 일이 벌어져도 혹은 어떤 종류의 억압과 폭력이 일어나도 수녀들이기에 참고 아이들만 책망하리라는 것. 그리고 수녀들 중 그 누구도 친엄마처럼 달려와 야단법석을 떨지 않을 것이라는 이상한 침묵 말입니다. 하지만 그런 아이들이 적어도 말지 수녀님과 함께 사는 동안은 자신들을 지켜줄 것이라는 믿음을 가졌으면 좋겠습니다. 이렇게 아이들이 자신들이 존중받아야 할 존재임을 알고 그 권리를 요구할 수 있는 아이로 클수 있다면, 제 이름은 앞으로 계속 팔려도 될 것 같습니다. 어른에 대한 예의와 말을 골라서 하는 일, 자신의 행동이 다른 사람에게 좋은 영향을 주듯이 나쁜 영향도 줄 수 있다는 도덕과 예의는 그다음에 가르쳐도 늦지 않을 테니까요.

결국 우리의 끝은
해피엔딩

다시 끝에 섭니다.
그 끝의 시작에
마음은 어수선하고
이런저런 상황이 빚어진 것에 대해
눈치 보고 있습니다.

한 사람을 다독거려 놓으면
다른 한 사람이 힘들어 보이고,
작은 어긋남이 전체를 금가게 합니다.
마음이 맞지 않고 내 뜻대로 문제가 해결되지 않는다고 해서
그 불편함을 오래 끌어안고 있는 사람은
헛된 시간낭비를 하는 것입니다.

결국 우리의 끝은 해피엔딩일 터인데

그 과정에 너무 감정이입해서 일희일비하느라

에너지를 소모하고, 관계를 악화시키고,

집 안 전체에 밝은 기운보다는 칙칙한 색을 드리우게 합니다.

진짜 용기는 무엇일까요?

나의 기분과 의지를 초월해서

지금 여기의 상황을 받아주는 것,

지금 당장 보이진 않지만

나의 끝은 아름답고 품위 있고

향기로울 것임을 믿는 것.

이것이 진짜 용기이겠지요?

실천하겠습니다.

'나를 뛰어넘는 나'를

바라볼 수 있도록.

안녕, 나의 아픈 손가락들아!

해마다 필리핀 공동체 수녀님들의 연피정이 있을 때면
밍라닐랴^{Minglanilla} 소년의 집에서 아이들과 청원자 수녀님들과
일주일 동안 지내는데,
이번에는 한국에서 들어온 우리 아이들
글로벌 에듀케이션 5기 남녀학생 8명과 보내는
마지막 이틀 프로그램을 함께하고
한국으로 가기 위해 공항에 바래다주고 옵니다.

소수의 아이들과 새로운 곳에서
잊지 못할 추억을 쌓은 즐거운 시간이었지만
마음은 늘 생손가락 앓는 것처럼 걱정되고 긴장됩니다.
욕심 때문이겠지요.

희망이 사람을 꽃피우고
사람이 세상을 꽃피웁니다

부모가 있고, 가족이 있고, 돌아갈 집이 있는
필리핀 학생들은 가벼운 마음으로 바라보지만,
우리 아이들은 나의 열매, 나의 작품 같아서
자꾸 신경을 씁니다.
"더 밝았으면, 더 자연스러웠으면, 말투가 더 공손했으면…,
감사심이 더 있었으면, 돌아가서 더 멋진 모습 보였으면…"

이렇듯 위시리스트^{wish list}가 길어집니다.
아직은 성장기에 있는 청소년들이므로
완성된 모습을 기대하지 말아야 함을 압니다.

그래도 제 소망은
이 아이들이 우리의 사랑을 믿어주면 좋겠습니다.

세상에 아무도 없는 것처럼 보이지만
자신들을 위해 존재하는 우리들을 통해
그 뒤에 더 크고 더 깊이 존재하며 아껴주시는
하느님의 미소를 볼 수 있기를 기도합니다.

안녕,
나의 아픈 손가락들아!

희망이 사람을 꽃피우고
사람이 세상을 꽃피웁니다

4

저를 통하여
당신이 빛나소서

만들려고 하지 말고
만들어지게 하라

새 소임을 받고 지레 겁먹고 있는 저에게
미국에 계신 은인 안드레아 회장님이 전해준 메시지입니다.

만든 것은 부서지지만,
만들어지고 있는 것은 괜찮습니다.
만드는 일은 혼자 해야 하지만,
만들어지게 하기 위해서는 다른 사람들의 손이 필요합니다.

이 말을 마음에 깃발처럼 꽂아놓고 자주 꺼내보겠습니다.
모든 것을 제가 해결해야 할 것만 같은,
모든 어려움을 저 혼자 끌어안고 가려는
몹쓸 '내가내가 병'이 도지려고 할 때마다,
마음이 급해지고, 결과 중심으로 가고 싶어 할 때마다

이 말씀을 기억하고, 멈추고,
더 바람직한 선택을 하겠습니다.

사랑으로 바라볼 때
기적이 일어납니다

수도생활을 '세상과 담쌓고 지내는 것'으로
오해하는 사람들을 많이 봅니다.
그러나 수도생활은 세상과 타인을 향해
좀 더 적극적으로, 좀 더 지속적으로 마음을 여는 것입니다.

우리가 서로 다르다는 것 자체가 선물인 동시에 짐입니다.
다름이 주는 기쁨이 있다면
그것이 주는 고통도 있기 때문입니다.
사랑으로 다름을 바라볼 때 거기에는 사랑의 기적이 일어납니다.
우리는 매일 매 순간 기적을 느낄 수 있습니다.

내가 마음을 열고
미풍처럼 타인에게 먼저 다가가면

그들도 나에게 마음을 엽니다.

내가 마음의 문을 닫는 순간
나는 돌멩이가 되어
다른 사람이 피해야 하는 존재가 됩니다.

푸슬푸슬한 밥

베드로 씨가 주말에 인사차 수녀원에 들렀다가 우리 수녀들과 함께 점심식사를 했습니다.

그런데 식사 후 얼마 지나지 않아 위경련 증세를 일으켰습니다. 항상 씩씩하고 건강하던 중년의 어른이 창백한 얼굴로 신음하는 것을 보고 우리 수녀들은 하나같이 당황했습니다. 베드로 씨는 급히 가까운 병원으로 가서 응급처치를 받고서야 집으로 돌아갈 수 있었습니다.

얼마 후, 그의 갑작스러운 위경련이 우리 수녀들이 먹던 '밥' 때문이었음을 알게 되었습니다. 끈기 하나 없이 푸슬푸슬한, 밥알이 하나하나 다 떨어지는, 따끈따끈하지도 않고 먹다 남은 것을 데운 것처럼 미지근한, 그런 밥을 먹고 있는 동생 같은 수녀들이 불쌍해서, 가슴이 아파서, 그 푸슬푸슬한 밥에 체해버린 것이었습니다.

우리가 이런 밥을 먹는 데는 이유가 있습니다.

우리 공동체에는 한국, 필리핀, 멕시코, 과테말라 출신의 4개국 수녀들이 모여 있습니다. 한국 사람들은 쫄깃쫄깃 찰지고 김이 모락모락 나는 밥을 좋아하지만 남미와 필리핀 사람들은 쌀알이 낱낱이 흩어지는 푸석푸석한 밥을 좋아합니다. 그래서 우리는 압력밥솥에 밥을 안친 후 솥 꼭대기에 있는 밸브를 뺀 채 밥을 짓습니다. 그렇게 하면 4개국 수녀들이 무난하게 먹을 수 있는 '푸슬푸슬한' 밥이 되기 때문입니다.

마리아수녀회는 다 같이 맛있게 먹을 수 있는 푸슬푸슬한 밥입니다.

"너는 시집 안 가려고
수녀원에 갔구나!"

수녀원 문턱을 넘어선 지 6년 만에 서원수녀가 되어 고향마을에 왔습니다. 친척들, 소꿉친구들과 휴가를 보내기 위해 동네 입구로 들어설 때, 이웃 아주머니가 저를 알아보고 이렇게 말씀하셨습니다.

"아이고, 너는 시집 안 가려고 수녀원에 갔구나!"

저는 그분의 반가운 얼굴에 미소로 답하며 마음으로 말했습니다.

"아니요. 전 수녀원 가려고 시집 안 갔어요."

어릴 적부터 수녀 고모들은 휴가 올 때마다 제 귀에 대고 이렇게 말하곤 했습니다.

"너는 커서 수녀 돼라."

대모님의 딸 베로니카 언니는 독신으로 살면서 수녀님들을 돕는 일을 했는데, 저를 볼 때마다 "너는 커서 수녀가 되고, 관구장도 되고 관구장 비서도 되어라." 하셨습니다. 그 주문 탓이었을까요? 제 기억이 시작되는 그 지점부터 제 꿈은 수녀가 되는 것이었습니다.

초등학교에서는 새 학기마다 담임선생님이 물으셨습니다.
"장래희망이 뭐니?"
저는 손을 번쩍 들어 대답했습니다.
"수녀입니다."
친구들은 무슨 그런 것도 있느냐는 듯 무심하게 반응했습니다.
초등학교 5학년 때였습니다. 수업이 끝나고 친구들도 없는 교실에 선희와 제가 남아서 뭔가를 하고 있었는데 우리 반 담당이 아니어서 한 번도 만난 적 없던 남자 교생 선생님이 어떤 친구와 함께 불쑥 우리 교실로 들어왔습니다. 우리가 무슨 이야기를 시작했는지 기억에 없으나, 그 선생님이 우리들이 사용하는 책상 위에 앉아 구약성서에 나오는 소년 요셉 이야기를 해주신 기억은 지금도 생생하게 납니다.
아버지의 특별한 사랑을 받고 있던 요셉을 시기한 형들이 아버지 몰래 요셉을 이집트 대상들에게 은전 30냥을 받고 팔

저를 통하여
당신이 빛나소서

아버렸습니다. 그날부터 요셉은 낯선 땅에서 모르는 사람들과 익숙하지 않은 일을 하며 살았지만 단 한 번도 믿음을 잃지 않고, 늘 자신의 자리에서 최선을 다했습니다. 때문에 그는 그 나라의 큰 재상이 되어 임금의 총애를 받고, 가뭄과 재난에 굶주려가고 있던 아버지와 형제들, 심지어 가족 전부를 젖과 꿀이 흐르는 땅으로 모셔와 오래오래 행복하게 살았다는 이야기입니다.

열두 살 여자아이의 마음을 흔들어 놓을 정도로 강렬하고 감동적이었던 그 메시지는 제가 앞으로 어떤 길을 걸어야 할지, 어느 방향으로 가야 할지를 정하게 된 결정적인 계기가 되었습니다. 그리고 제가 수녀가 되어서 진심으로 충실하게 살면, 사랑하는 제 가족들에게도 영원한 행복을 줄 수 있다는 확신과 기쁨이 손에 잡힐 듯이 확고하게 그려지는 경험을 했습니다.

그렇게 저는 수도자가 되는 꿈을 꾸었고, 제 앞에 펼쳐진 두 갈래 길에서 사람들이 잘 걷지 않는 길, 미지의 길을 걷기로 결심했습니다.

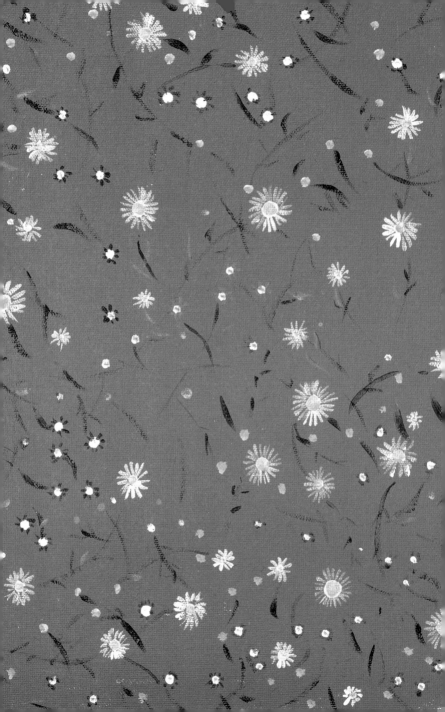

수녀로 산다는 것

희고 편안한 옷을 입고,
맨발을 하고,
산책도 하고,
그림도 그리고, 꽃과 채소도 가꾸고, 요리도 하며,
좋은 이들과 웃음꽃 피우며 이야기 나누는
그런 일상을 살고 싶을 때가 있습니다.

그런데 현실에선
사계절 똑같은 두께의 옷감으로 지은 회색 수도복을 입고,
값싸고 단순해 보이는 검은 구두를 아껴 신으며,
아무렇게나 자른 머리카락을 베일 속에 숨기고,
기도하고 노동하고 걱정하고 고통받으며
날마다 내가 아닌 이웃이 더 행복해지기를 소망하며

아름다울 이승에서의 마지막 순간을 꿈꾸며
하루하루 정성을 쏟고 있습니다.

이 세상 단 한 사람이라도 이런 내 모습을 보고
"왜 그렇게 사나요?"라는 질문을 던질 때,
"예수님 때문이랍니다." 하고 웃어 보일 그 순간만으로
충분히 의미 있음을 믿고 있기 때문입니다.

적을 통하여
당신이 빛나소서

저녁기도

하고 싶은 말이 있었는데
하고 싶은 일도 있었는데
결국 아무 말도, 아무 일도 못하고
밤을 맞이합니다.

하지 않아도 되고
만나지 않아도 되는 일
꼭 필요한 일도 아니고
나의 책임과 의무도 아닌 일로부터
거리를 두고
여유를 갖고
물 흐르듯이 살고 싶습니다.

잊혀지는 일을 당연히 여기고
보상이 주어지지 않는 일에 대해 서운해하지 않고,
내가 하지 않아도 되는 일은 과감하게 맡기고
누군가 부탁하지도 않은 일은 나서서 하지 말고,

공연히 연연하고 간섭하지 않으며
늘 해결하고 끝을 보아야 일을 다 한 것 같은
이 어마어마한 책임감에서 벗어나게 하소서.

가난한 아이들의
엄마로 살고자 한 우리

세상에는 많은 수녀회가 있고, 그 하는 일들이 조금씩 다릅니다.
내가 선택하기도 했지만 나를 선택한 수녀회 안에서
한참을 걸어와 돌아보고, 지금의 나를 거울에 비춰봅니다.

수도자로서의 저는 눈치 보지 않고 살아왔습니다.
안과 밖, 말과 행동이 일치하는 삶을 위해 노력했습니다.
가식적이지 않고 진실하기 위해 노력했습니다.
동생 수녀님께 할 수 있는 말은
최고 장상에게도 하고 살았습니다.
특별한 대접을 받지도 않았지만
업신여김을 당하지도 않았습니다.

가난한 아이들의 엄마로 살고자 한 우리,

주님께서 결코 버려두지 않으실 것을
반드시 모란꽃보다 더 환하게
웃게 하실 것을 믿습니다.

누구 한 사람의 아내도, 한 아이의 엄마도 아니기에
누구 한 사람이 아닌 모두를 사랑할 수 있는
이 무한한 사랑에의 자유를 사랑합니다.

지금 동하여
당신이 빛나소서

사랑은
오랜, 꾸준한 아픔

낮에는 하루 종일 일하고,
저녁에는 잠자는 아이들을 돌봐야 하는
작은 공동체의 수녀님들이
당직 일이 너무 자주 돌아와서
많이 지쳐 있는 것 같습니다.
수녀님들을 도와주기 위해
매주 월요일 저녁에는 제가 당직을 하기로 했습니다.
잠든 아이들을 하나하나 돌아보고,
별이 총총한 평화로운 밤길을 걸어 숙소로 돌아옵니다.

사랑은 '주는 것'이며,
사랑은 오랜, 꾸준한 아픔임을 깨닫습니다.
사랑은 아름다운 말이 아니고,

나 자신을 드러냄이 아니고,

사랑은 다만 '다른 이들을 향한 열림'일 뿐입니다.

삶의 가장 낮은 자리에서

저 자신만 바라보고,

제 욕구만 채우면서 지냈을 제 영혼을 들어올리고,

제 이름을 불러주신 예수님, 감사합니다.

저로 하여금 날마다 더욱 당신을 닮게 하소서.

더 나아지려고
힘쓰면서 살아가는 것

사는 것은 넘어지는 것입니다.
우리는 끊임없이 넘어집니다.
이 넘어짐은 자연스러운 것입니다.
예수님이 넘어지셨듯이 우리도 넘어집니다.

중요한 것은 일어서는 것이지 넘어지는 횟수에 있지 않습니다.
밤마다, 아버지이신 하느님 앞에 내 약함과 헛됨을 밝혀 보이고,
그분 위안의 품에 안겨 설움을 잊고,
내일은 그분의 이끄심으로 더 나아지려고 힘쓰면서 살아가는
것입니다.

수도생활은 어렵고 힘든 생활,
그 안에서 기쁨으로 사는 것이라 하셨습니다.

예수님의 참된 제자가 되려면

모든 악조건과 어려움과 장애를 넘어

매일을 충분한 희망과 기쁨으로 살아가야 됩니다.

저는 너무 믿음이 부족합니다.

제가 예전에 가졌다고 생각한 믿음은

겨자씨보다도 조그만 것이었습니다.

나의 예수님, 비 맞은 치자꽃처럼,

당신 은총을 흠뻑 입은 내 영혼,

그렇게 희고 향기롭게 단 하루만 살게 하여 주십시오.

"수녀님,
그분은 교황님이십니다!"

어느 가을날, 수녀회 회원들이 강원도의 묵당에서 2박 3일의 피정을 마치고 아침식사를 막 끝냈을 때입니다. 옆에 계신 수녀님이 불쑥 "말지 수녀님도 노래 잘해요. 노래 한번 해보라고 하세요."라고 J신부님께 말했습니다. 노래할 마음이 전혀 없던 저는 "여기에 노래까지 잘하면 안 되죠."라며 도도한 태도를 보이며 웃었습니다. 신부님은 즉시 "오만이 하늘을 찌르는구나!"라고 한탄하셔서 함께 있던 모두가 웃음을 터뜨렸던 기억이 납니다.

오늘도 그랬습니다. 오는 8월에 교황님이 오신다는 소식을 듣고 모두들 프란체스코 교황님을 가까이에서 보기를 원하고, 각 단체에서 잠깐이라도 그분을 자기 공동체에 모시는 영광과 기쁨을 누리고 싶어 합니다. 우리 수녀회에서도 설립자 신부님의 시복시성이 진행 중이어서 마리아수녀회가 태어난 한국 공동체에 교황님께서 방문해주시는 영광의 기회가 올 수 있는 지 여러 방면으로 알아보는 중이었습니다.

평소에 교황 대사관을 자주 방문하고, 대사님과 편안하게 인사를 나누는 사이이며, 비서 신부님과 소통이 잘되는 저에게도 그 가능성을 알아보라는 수녀회의 요청이 있었습니다. 그래서 부활축일 인사도 드리고, 교황님 방문에 대해서도 말씀을 나누기 위해 교황 대사관을 방문했습니다. 교황님의 방문 일정이 확정되고, 각 행사와 그에 따르는 준비 작업으로 인해 모두들 바쁘게 움직이고 있었습니다.

대사님과의 면담시간을 갖고, 지금 이 시점에는 교황님이 우리 수녀회에 방문하실 수 없다는 말씀을 들었습니다. 많이 아쉬워하는 저를 보시고 파딜랴 대사님은 8월 16일 저녁에 꽃동네에서 하는 수도자 모임에 꼭 오라고 권유하셨습니다.

제가 "그럼, 그때 잠시 대화할 수 있나요? 대사님께서 저를 끌어당겨서 교황님 가까이 가도록 허락해주실 거예요?"라고 묻자, 행사 중에는 정해진 루트를 따르는 것 외에는 그 어떤 돌발적인 행동도 할 수가 없다고 하셨습니다. 그럼 거기에 가도 멀리서 앉아 있다가 올 텐데 차라리 가지 않는 편이 낫겠다고 투덜거리자, 교황 대사님은 한심하다는 표정으로 저를 보고 말씀하셨습니다.

"Sister, He is Holy Father!"

(수녀님, 그분은 교황님이십니다!)

그분이 아시아에는 처음으로 한국에 오시고, 한국 수도자들과 함께하며, 특별히 여러분들께 주시는 메시지를 받고 그를 통해 은총을 누리는 것이 더 의미 있다고 하셨습니다.

대사님은 아이같이 조르고 실망하는 제 태도에 많이 웃으셨습니다. 대사님께 수녀님들이 준비한 과자와 부활카드를 드리고 돌아오는 차 안에서, 몇 분 전에 취했던 제 태도에 대해서 생각했습니다. 정말 J신부님의 말씀대로 '오만이 하늘을 찌르는' 제 모습입니다.

교황님은 교황님이십니다. 대사님의 권유대로 그분이 한국에 함께하시고 우리 가까이에 오고 싶어 하셨고, 우리에게 사랑과 평화의 메시지를 직접 전하고 싶어 하십니다. 그 의향과 마음에 감사하며 눈에 보이는 거리가 아니라 마음으로 일치시키고, 그분의 방문기간을 축제인 듯 참여해야겠다는 결심을 하게 됩니다.

당신 앞에 부끄럽지 않은
그런 삶을

반듯하게 살고 싶습니다.

자유로우면서도 단정하고,

밝으면서도 교양 있는 모습으로 살고 싶습니다.

모두가 바라보는 곳이 아닌 외진 곳,

모두가 걸어가는 방향이 아닌 잊혀진 곳을 향해

쉽지 않으나 의미 있는 삶을 살고 싶습니다.

흔들리지 않고,

지나친 기대도 실망도 하지 않고,

성공에 들뜨거나 실패에 좌절하지도 않는 삶을 살고 싶습니다.

색을 먹이지 않은 명주처럼 담담하고 촘촘하게,

질박하고 단순하게, 그럼에도 품위 있게 살고 싶습니다.

가지지 않아서 가난한 것이 아니라,
바라는 것이 없어서 가난한 삶을 살고 싶습니다.

그 어떤 화려하고 명예로운 인생보다,
이름도 없고 소리도 없이
세상에서 자신의 몫을 살고 사라지는 수많은 삶들,
그 '무명씨'들의 삶이 더 당연하고
더 자연스러운 것이라고 믿으며 살고 싶습니다.

그물에 걸리지 않는 바람처럼,
흙탕물에 더럽혀지지 않는 연꽃처럼,
세상에 있으나 세상의 것이 되기를 거부하는,
그래서 자유롭고 당당하고 빛나는

영혼의 주인으로 살고 싶습니다.

죄 때문에 조심하는 삶이 아니라,
사랑하기 때문에 죄지을 일이 없는 삶을 살고 싶습니다.

어제보다 조금 더 조촐하게,
어제보다 조금 더 거룩하게,
어제보다 조금 더 진지하게,
조금씩 조금씩 성장하는 삶을 살고 싶습니다.

딴 욕심 없습니다.
당신 앞에 부끄럽지 않은 삶을 살고 싶습니다.

사는 것은 넘어지는 것입니다.
우리는 끊임없이 넘어집니다.
이 넘어짐은 자연스러운 것입니다.
중요한 것은 일어서는 것이지
넘어지는 횟수에 있지 않습니다.

영원할 것 같았던 어제

기온이 떨어져서
밤중에 일어나 창문을 닫았습니다.
집 안 가득 가을 내음이 담깁니다.
무더위가 영원할 것 같은 어제였는데,
걱정으로 잠 못 이루던 밤이 한 해였는데
다 지나가고 있습니다.

지금 제 영혼, 존재, 생각의 중심에는 무엇이 있나요?
표면은 채우지 못한 자아^{ego}가 보글보글 끓고 있습니다.

무시당할까 봐 경계하는 마음,
지적하고 싶은 마음,
고쳐주고 싶은 마음,

그 수면 아래에는

저 자신에게 만족하지 못하는 마음,

사소한 유혹에 사로잡히고,

당당하고 절도 있는 삶을 살아가지 못하는 저를

질책하는 마음이 있습니다.

예수님의 마음속에 비치는 저,

예수님이 생각하는 제 마음은 어떠할까요?

"그래도 괜찮아."가 아니라,

"충분하지 않아. 좀 더 노력해. 힘내."라고 하실 것 같습니다.

알겠습니다. 주님,

저의 연약하고 불완전함을 아시는 주님,

도와주십시오.

당신과 함께 저는 성장할 수 있습니다.

변모할 수 있습니다.

마음은 늘 당신과
주파수 맞추면서

밀렸던 그림을 끝내고 나면

더 단정하고 더 성실하게 살 수 있을 것이라 생각했습니다.

그런데 더 처지고 있네요.

더 엉망입니다.

온전한 사랑이 아닌 찌그러진 사랑,

다 피워 올리지 못한 히아신스 같은 사랑입니다.

그러나 이 시간도 견딥니다.

이 죄책감도 지그시 물고 있습니다.

어지럼증이 가라앉을 때까지,

거품이 다 씻겨 나갈 때까지,

당신이 나를 향긋하고 상큼한 모습으로 바꾸어주실 때까지.

기도하고 또 기도하고,
자리에 앉았다가
집안을 휘휘 돌아다녀도.

마음은 늘 당신과 주파수 맞추면서
늘 당신의 목소리를 들으려
주변의 소리를 줄이면서.

그렇게,
어제의 나와 큰 차이 없이 사는.

살도 빠지지 않고
키도 자라지 않고

얼굴의 잡티도 없어지지 않지만

그래도 당신의 사람이고 싶은 그 모양으로,

그 마음으로.

기도하는 시간

분주하고 시끄럽고 산만하고 때 묻었던 시간들을 내려놓고
당신 앞에 나왔습니다.

마음의 글 한 줄도 올라오지 않는 시간들.
지치고 메마르고
그리고 살고 싶지 않은 순간들이
생을 짓눌렀습니다.

그렇게 어쩔 수 없이 견디고 난 다음,
그래도 여전히 마음에 남아 있는 불씨 하나
조심조심 살려봅니다.
아슬아슬하게 꺼질 듯 말 듯한 의욕의 불씨,
사랑의 불씨를 키워봅니다.

조용히 감싸서 일으켜주십시오.

다시 사랑하게 하십시오.

다시 행복하게 하십시오.

제 존재 전체를 이렇게 내어놓습니다.

저를 통하여
당신이 빛나소서

저는 지금
어디쯤 와 있나요?

참 신기합니다.

당신은 왜 저를 지으셨나요?

이름 없는 풀꽃처럼

태어난 그 자리에서

고스란히 피었다가 시들 수 있게 할 수 있으실 텐데

왜 이토록 많은 체험을 하게 하시고

참 드라마틱하고

참 고생스럽고도 찬란한

수도자의 길을 걷게 하셨나요?

제가 드러내어야 하고

비추어야 할 당신의 모습과 메시지는 어떤 것인가요?

저는 지금 어디쯤 와 있나요?

당신이 기대하는 완성도는 어느 정도인가요?

생의 한가운데에서
어쩌면 제가 끝에 와 있을지도 모른다는
생각이 드는 오후입니다.
신비로운 주님,
당신의 뜻은 무엇인가요?

저녁 7시

한 일간지의 기자가 이렇게 물은 적이 있습니다.
"수녀님은 하루 중 어느 시간이 가장 좋은가요?"
한 번도 생각해본 적 없는 질문인데
제 입에선 자연스럽게 이런 대답이 흘러나왔습니다.
"저녁 7시가 늘 좋습니다."

하루 일과와 식사를 끝내고,
아이들의 기도소리가 들리기 시작하는 시간.
그 고요함과 영성과 만나는 순간순간이 참 좋습니다.

당신이 부르신 이 생애가
가장 값지다는 사실

저는 저 자신을 믿을 수 없습니다.

한 사람의 생애가 60년이라는 시간 안에 완성된다고 가정해보면

짧다기보다 지루하게 여겨집니다.

회개하고 다시 살고, 새롭게 살아

깊이 있고 거룩하고 자율적인 인간이 되기에는 너무 짧겠지만

첫 마음, 첫사랑, 첫 열정으로 살기에는 너무 깁니다.

도무지 그렇게 지속적이고 일관성 있고 한결같이

꿋꿋하고 아름답게 살아갈 수 없습니다.

이 부조화는 무엇입니까? 이 역설은 또 무슨 조화입니까?

저는 든든하고 뿌리 깊고 확고한 믿음과

늘 풋풋하고 아이답고 부드러운 희망과

당신 마음에만 들면 지금 죽어도 좋은

불타는 사랑을 소유하고 싶습니다.

온갖 사랑의 샘이신 주님,
저에게 대인배의 마음을, 자신감을,
그리고 나를 무시하고 공익을 선택할 수 있는
진짜 배짱을 허락하소서.

제 안에 일어나는 욕심이나 욕구의 노예가 되지 않게 하소서.
당신을 선택했고,
당신이 부르신 이 생애가 가장 값지다는 사실을
저의 눈빛과 표정과 태도와 행동,
그리고 마음 깊숙한 곳으로부터
저절로 배어나오도록 제 사랑을 키워주소서.

사랑했으므로
충만했으면

하얗게 센 머리카락을 뽑았습니다.

자연스러운 현상에 소심하게 반발해보는 것입니다.

머리 주변을 두드리면서

"수건 바깥으로는 절대 흰머리 생기면 안 돼." 하고

주문을 걸어놓습니다.

아직은 시력이 괜찮아 책도 읽고 글도 쓰지만

지나치게 소모하지 않으려고 많이 아끼는 편입니다.

살아 있는 시간까지 당신 부끄럽지 않게,

당신 이름으로 사는 제 모습

누추하고 초라하지 않게 하고 싶습니다.

이는 저의 가장 기본적인 자존심입니다.

당신을 선택했으므로 세상이 부러워하게 살고 싶습니다.

성체 예절이 있는 날은 공동체 수녀님 모두의 손을 만납니다.

손끝이 다 갈라진 수녀님, 동상으로 붉어진 손,

상처 입은 손, 거칠어진 손.

그 손들 위에 '그리스도의 몸'을 놓으면서 기도합니다.

마음을 다해 그들의 삶을 위로하고 응원합니다.

당신을 따르면서 얻은 영광의 흔적.

낡아가는 육체에 연연하지 말고,

사랑했으므로 충만했으면 좋겠습니다.

앞날에 대한 불확실함을 걱정하지 않고,

이렇게 저렇게 아프고 쉬이 지치는 육신을 원망하지도 않고,

그동안 진정 몸과 마음과 영혼과

정열을 다하여 살아온 시간들이

'늙음'이라는 고리타분한 핑계에 갇히는 것이 아니라
'성숙'이라는 향기롭고 빛깔 좋은 포도주 같은
이 시간과 은총의 조화에 내 존재 전체가
자연스럽고 편하게 흘러들어가기를 꿈꿉니다.

헌신하지 않는 삶은
죽음과도 같습니다

50년을 살았습니다.

명오가 열리는 그 순간부터

지금까지 신앙 안에서 살아오고,

온몸 온 힘 온 경험을 다해

30년이라는 시간을 수녀원에서 살고 있습니다.

그리고 가끔 생각합니다.

이 모든 것이 가짜라면…?

내가 믿고 삶을 바친 이 믿음이 거짓이라면,

신이 존재하지 않고

누군가가 만들어놓은 이론과 조직에 내가 현혹된 것이라면,

죽음 이후엔 아무것도 없고

죽음과 동시에 모든 것이 끝이라면…?

생각하다 거듭 결심합니다.
그래도 이렇게 살고, 이 길을 택하고,
이 믿음을 지키리라고.

설사 이 모든 생각, 신념, 상상이 완전히 가짜라 하여도,
믿지 않고 사랑하지 않고
헌신하지 않고 노력하지 않고 사는 삶은
이미 죽음과도 같습니다.

온갖 부귀영화를 다 누리는 이도
체험하지 못하고 살지 못하는 삶을
당신께서는 이미 저에게 선물하셨습니다.
그리하여 지금 제 손은 비어 있고

저의 삶은 피곤하고 단조롭지만,

그 무엇 하나 부족하지 않습니다.

이미 충분합니다.

삶은 늘 아름답지도
늘 서글프지도 않습니다

햇볕이 따사롭고, 하늘은 맑고,

새들 지나가는 모습이 길 위에 그림자를 드리우는 가을,

기도하고 싶고, 착해지고 싶은 이 가을.

꿈같은 시간, 한 편의 시 같은 시간들을 살았습니다.

집 앞에, 정말 코가 닿을 만한 거리에 시내가 흐르고,

크고 작은 돌멩이들을 뒤집으면 펄펄 뛰는 물고기 잡히는 곳.

엄마와 동생이 사는 집은

길거리에서 지붕도 보이지 않을 만큼 낡았지만

내부에는 방이 세 개, 적당한 거실과 주방이 있고,

집 한 귀퉁이에는 가마솥이 걸려 있어

언제든지 군불을 땔 수 있습니다.

몇 년 동안 언니네와 남의 집 농사만 거들어주다가

올해 처음으로 그들의 땅에 고추를 심어

빨갛고 탐스러운 고추를 엄청나게 따내고 있습니다.

이런 가을에, 팔월 한가위가 끼어 있고,
아버지 연도일이 끼어 있는 좋은 시간에
휴가를 얻어서 엄마와 함께 일하며 먹고 자고 있습니다.

삶은 늘 아름답지도, 늘 서글프지도 않습니다.
영원한 봄이란 없고, 영원한 더위도 없습니다.
제가 사랑하는 당신은 정말 공평하십니다.
고생한 저를, 당당하고 길게 쉬게 하십니다.
그 시간을 저는 생의 마지막인 듯 보내고 있습니다.
대장부처럼, 자식 많이 둔 억척스런 과부처럼 살아오던 제가
이 집에 와서 두 번 울었습니다.

저에게 당신을 보여주고,

당신을 사랑하게 해준 제 엄마 황안나.

언제 다시 만날지 모르는 엄마와 보내는 시간에

정성을 다합니다.

저를 통하여
당신이 빛나소서

저는 씨앗을 뿌리는 사람입니다

시골에서 가져온 칠면조 알 4개를 6개의 달걀과 함께 품어
오늘 그 안에서 칠면조들이 태어나는 날입니다.
생명의 씨앗이 딱딱하고 무감각한 알 속에 들어 있었기에
친엄마의 품이 아니어도 태어나는 것입니다.
죽어 있던 우리에게도 세례의 물이 부어짐으로써
꽃으로 피어납니다.
삶은 얼마나 신비합니까!

때때로 선교지에서 많은 영혼을 구하고
맡은 책임을 완수하는 일이 벅차거나,
대외적인 일을 처리하기 위해
제가 하는 행동과 결정들이
황당하고 덧없이 느껴질 때가 있습니다.

세속적인 잣대로 바라보기 때문일 것입니다.

저는 선교사이며 씨앗을 뿌리는 사람입니다.
생명과 사랑의 씨앗을
지치지 않고, 장소와 시간을 가리지 않고,
계속해서 뿌립니다.
복음, 기쁜 소식의 씨앗들은 작은 이들의 마음속에서
당신이 원하시는 속도로 자라나 열매를 맺습니다.

수도자의 기도시간은
'주제파악' 하는 시간

기도는 끊임없이 당신의 존재를 자각하는 것입니다.
우스운 일 앞에서도, 속상한 일 앞에서도,
가슴이 내려앉는 걱정과 시련 앞에서도,
이웃과의 따뜻한 만남,
가슴이 뜨거워지는 사랑의 대화 속에서도,
한적한 산책길에도, 우연히 마주한 눈웃음 속에서도
당신을 발견하고 당신을 느끼는 것입니다.
기도는 당신이십니다.
모든 순간, 모든 일, 모든 환경, 모든 사람 안에서
항상 당신을 발견할 수 있게 하소서.

기도는 욕심 없는 마음, 애착심 없는 마음으로
당신 앞에서 쉬는 것입니다.

영적 생활에 큰 장애가 되는 것은
욕심과 애착심임을 체험합니다.
사랑하기 위해 자유롭고 싶습니다.
자유롭기 위해 버려야겠습니다.
무엇이든지 당신 아닌 것을 버리기 위해서는
당신 아닌 것과 당신인 것을 식별할 수 있어야 합니다.
자신의 삶을 끊임없이 살펴보고 성찰하며
스스로를 속이지 않도록 진실하고 과감하게
세상과 세상에 속한 것을 포기해야 합니다.
'나의 뜻'은 애착심 중에 가장 끈질기고 위험한 것입니다.

수도자에게 기도시간은 '주제파악' 하는 시간입니다.
내가 누구인지, 어디로 와서 어디로 가는지,

무엇을 해야 하고, 무엇을 하지 말아야 하는지,

남겨야 될 것과 버려야 될 것을 가리는 시간이기 때문입니다.

그런데 종종 기도와 삶이 어긋나서 자주 꿈이었으면 합니다.

기도할 때의 그 마음으로 살고 싶습니다.

기도하는 마음으로 살고자 하는 의지를 품고 있는 한,

삶은 나빠지지 않을 겁니다.

그분은 흥해야 하고
나는 망해야 합니다

1988년 1월 15일은 수녀원 입회 5년 만에 4년 동안의 양성 기간을 마치고 첫 서원을 한 날입니다.

수도자들이 하는 서원은 세상의 방식이 아닌, 믿음 안에서 자발적으로 부유함보다는 가난을, 일시적인 쾌락과 몸의 즐거움을 추구하기보다는 정결함을, 그리고 나의 뜻과 고집, 인간이 가장 집착하는 개인의 뜻보다는 그 너머에 있는 섭리에 순응하고 수용하는 순명을 실천하고 살아갈 것을 공식적으로 약속하는 예식입니다.

특히 첫 서원예식은 세상의 결혼식과 같아서 가족과 친지들도 초대해서 기쁨과 축복을 나누기 때문에 서원예정자들도 많이 설레고 기다리는 행복한 시간입니다.

서원미사가 끝나자마자, 우리 동기 17명은 수련기 2년 동안 쓰고 있던 흰색 베일을 벗고, 서원자를 상징하는 회색 베일과

저를 통하여
당신이 빛나소서

십자가 메달을 받고 많이 들뜬 상태로 제의방에 계신 아버지 신부님께 감사인사를 드리러 갔습니다. 제의방이 아주 좁았기 때문에 우리들은 어깨가 서로 겹칠 정도로 옹기종기 모여 앉았습니다. 그곳에서 신부님은 미국 억양이 남아 있는 말투로 이렇게 말씀하셨습니다.

"그분은 흥興해야 하고, 나는 망亡해야 합니다."

성서에서 세례자 요한이, 자신은 작아져야 하고 예수님은 커지셔야 한다고 하신 말씀을 옛 번역문에서는 그렇게 표현하였는데, 신부님은 그 특유의 소녀 같은 몸짓과 눈짓을 하시면서, "흥!"과 "망!"에 악센트를 넣으셔서 우리는 모두 웃음을 터트렸습니다.

"그분은 흥해야 하고, 나는 망해야 합니다."

신부님께서 우리 동기들에게 주신 그 영적 화두는, 그날부터 지금까지 30년 내내 제 마음에 깃발이 되어 흔들리고 있습니다. 특히 마음 안에서 욕심이 일어날 때, 제가 성취했다는 생각이 들 때, 누군가의 인정을 받고 싶을 때, 보상을 기대하고 있을 때, 우쭐해질 때마다 이 말씀은 저를 바로 잡아주고 헛된 욕심에 연연하지 않도록 용기를 불어넣어 주었습니다.

누군가가 던진 한마디의 말이 그 사람의 삶을 지탱시켜주고, 바로 서게 하고 다시 살아가게 하는 힘이 된다는 사실을 이 경험을 통해서 알게 되었습니다. 제 마음에 평화를 되돌려주고, 온갖 열성을 다하고도 진정으로 쿨할 수 있게 하는 힘, 바로 제 마음의 표어입니다.

"그분은 흥해야 하고, 나는 망해야 합니다."

쓰이고 닳아 없어져
'죽음'으로 살고 싶습니다

한국 마리아수녀회 50주년 기념 다큐멘터리를 준비하는 담당
PD님이 인터뷰 중에 이런 질문을 했습니다.
"수녀님은 무엇으로 사나요?"

참 많은 묵상과 깊이 있는 생각을 하고 사는 줄 알았는데
그 질문 앞에서 멍해졌습니다.
글쎄요….
신앙을 가진 이와 대화했다면
"믿음으로 산다", "사는 것은 그리스도"라는 답을 했겠지요.

하지만 곰곰이 생각해보면,
저는 '죽음'으로 삽니다.
저는 소화데레사 성녀의 권유 말씀 중

"사랑으로 닳아버립시다."라는 말을 좋아합니다.
지음 받은 목적대로 다 쓰이고 가는 것입니다.

촛불의 역할은 어둠을 밝히는 것이지요.
자신을 태워 어둠을 밝히면 누군가는 길을 찾고,
누군가는 글을 읽고,
누군가는 일상의 일을 하겠지요.
그렇게 내가 쓰이고 닳아 없어짐으로써
누군가의 삶에 빛을 던져주는 일.
그 일을 하고 싶고
그 소명으로, 그 '죽음'으로 살고 싶습니다.
마지막까지.

적글 통하여
당신이 빛나소서

패러독스의
한가운데 서서

나와 내가 만나
갈등의 끝까지 밀려왔습니다.
도무지 하나 될 수 없고
화해할 수 없고
극치의 기쁨을 누릴 수 없는 원인이
결국 내 안에 있습니다.

겉과 속,
영과 육,
성스러움과 속됨,
사랑과 냉정함,
조금의 양보도 없이 팽팽하게 당기고 있는 각각의 힘….
그 한가운데 서서 저는 터져버릴 것 같습니다.

빛이면서 어둠인 나

정말 다 버렸으나 구속되어 있는 나

패러독스의 생생한 부딪힘….

무엇을 할 수 있나요?

당신의 보이지 않는 손길이

균형을 잡아주는 그 시간이 오기 전에는.

오직 당신의
빛나는 시선

숨 막히는 절경 앞에서 쏟아냈던 수많은 감탄사와 흥분들도
하루이틀 후면 사라지고 맙니다.
아무리 절박한 슬픔과 아픔도 채 몇 달을 가지 않습니다.
우리 마음을 지속적으로 끌어당기는 것은
눈에 보이는 것이 아닙니다.
대자연과 인간과 존재 이상의 것, 영원한 것입니다.
푸른 하늘 너머에 있는 것,
얼음처럼 차고 투명한 샘물 아래 있는 것,
형형색색의 가을 단풍들을 빚어내는
그 손을 만나고 싶은 것입니다.

유명한 나라에 갔다고 해서,
아름다운 옷을 입었다고 해서,

내가 변하는 것은 아닙니다.

언제 어디서든지 그분과 하나 되는 순간,

그것이 이미 영원을 사는 순간이 될 것입니다.

숨 막히는 버스 안에서도,

몸들이 부딪치는 좁은 장터에서도,

매력 없는 사람 앞에 서 있을 때에도,

알 수 없는 자리에서 부담스러운 문제를 해결해야 할 때도,

제가 찾고 있는 것은 오직, 당신의 빛나는 시선입니다.

당신의 따뜻한 손길입니다.

당신의 부드러운 미소입니다.

제가 사랑하고, 제가 안기고 싶은 당신의 품입니다.

흔들리지 않고, 지나친 기대도 실망도 하지 않고,
성공에 들뜨거나 실패에 좌절하지 않는
삶을 살고 싶습니다.

가지지 않아서 가난한 것이 아니라,
바라는 것이 없어서 가난한 삶을 살고 싶습니다.

죄 때문에 조심하는 삶이 아니라,
사랑하기 때문에 죄지을 일이 없는
삶을 살고 싶습니다.

그래서 자유롭고 당당하고 빛나는
영혼의 주인으로 살고 싶습니다.

늘 기쁘게
이 사랑의 빚을 갚게 하십시오

사랑은 사랑으로 갚는 것,
그것이 참으로 올바른 관계 안에서
해야 할 일이라는 생각을 합니다.
주기만 하거나 받기만 하다가는
언젠가 어느 한쪽이 병들거나 상처 입게 된다는 사실을
체험합니다.

예수님 또한 주는 사랑,
십자가에서 죽기까지 아낌없이 내어주는 사랑을 하였지만
그에게는 사랑의 근원이신 아버지가 있었고,
그를 자기 자신보다 더 사랑하는 성모 마리아가 있었고,
철없고 부족하지만 맹목적으로 그를 따르는 수많은 제자들이
있었고,

생명의 말씀에 목마르고 굶주린 군중과
정신과 육신의 병으로 고통받는 사람들이 있었습니다.
이들의 존재가 예수님으로 하여금 끝까지 사랑하게 합니다.
저 또한 당신으로 인하여 끊임없이 채워지기에
이렇게 어눌한 몸짓으로나마 사랑의 삶을 살고 있습니다.

당신 때문에, 당신에 의하여 살아가는 제 영혼.
가능하면 늘 생기 있고, 늘 기쁘게
이 사랑의 빚을 갚게 하십시오.

적를 통하여
당신이 빛나소서

왜 그들을
그 자리에 심으셨는지

우리는 자주 눈에 보이는 것으로 그들을 판단합니다.
이런저런 약점들을 열거하며,
그들의 보잘것없음을 성토합니다.
그러나 얼마나 어리석고 보기 흉한 판단입니까!
주님, 당신 밭에서 지금 그들은 자라고 있습니다.
밤이슬도 맞고 새벽의 찬 공기도 들이마시면서
맑은 아침 부드러운 햇살의 따스한 손길도 넉넉히 느끼면서,
센 바람에 흔들리면서, 우박과 비도 받아들이면서
그들은 자라고 있습니다.

옆에서 왈가왈부하지 말게 하십시오.
당신만이 아십니다.
왜 그들을 그 자리에, 그 시기에 심으셨는지….

순명,
비우고 채우는 것

부족함이 있어도 수도생활 안에서

제가 부단히 실천해온 것이 있다면,

그것은 바로 '순명'입니다.

"무엇이든지 그가 시키는 대로 하라."는 성모님의 권고를

항상 염두에 두고 살았습니다.

순명한다는 것은 '비우고 채우는 것'이라고 합니다.

나의 뜻을 비우고 아버지의 뜻으로 채우는 것,

자신을 비우고 하느님의 뜻을 받아들이는 것,

그리고 깨끗이 순명하는 것.

"복종하고 싶은 이에게 복종하는 것은

아름다운 자유보다도 달금합니다."라고 쓴

만해 한용운 시인의 말씀을 깊이 이해합니다.

서른 통하여
당신이 빛나소서

어제를 거쳐 오늘의 나를 있게 하고,
어제의 짐과 노고와 설움과 기쁨, 굴욕과 영광을 잊고,
오늘 다시, 떠오르는 태양을 바라보며
나의 걸음을 재촉하는 것도 이 순명의 힘입니다.

당신이 그리 살라 하셨으니
묵묵히 그 길을 걷는 것,
좋은 것을 주실 때에도 입에 쓴맛을 주실 때에도
'거룩한 무관심'을 실천하면서,
초월하면서 살아가는 것은 이 순명의 힘 때문입니다.
창설 신부님은 그리스도 사상의 본질이
'순명'이라고 하셨습니다.
그분을 따르기로 결심한 내 인생,

반환점을 돌아 이제는 완성을 향하여 걸어가는 시간입니다.

끝이 보이는 시간, 후회하지도 않고 들뜨지도 않고

담담하고 묵묵하게 잔잔하고 행복하게

순명하고 싶습니다.

눈물로 드리는 기도

어느 오후, 영 집중이 되지 않아 성당 뒤쪽에서 양팔을 옆으로 펼치고 잠시 있어보았습니다. 팔은 부들부들 떨리고 그 무게가 점점 무거워지는 것 같아도 마음은 맑아지는 듯하였습니다. 천사들이 와서 제 팔을 부축해준다면 저도 모세처럼 그렇게 오래 기도하며 세상의 전쟁에서 승리하는 데 한몫할 수 있을 것 같습니다.

"눈물로 드리는 기도는 가장 하느님 마음에 든다."

아픔 속에서, 통회의 눈물을 흘리면서, 감정의 으스러짐을 받아 안으면서, 미지근하고 권태로운 일상을 주님 사랑으로 참고자 하는 선한 의욕 안에서 주님의 이름을 부를 때, 주님은 곧 우리에게 응답하시고 그 따뜻한 시선으로 우리를 보시고, 머리 숙여 우리의 호소를 들으십니다.

"우리는 모두 무엇이 되고 싶다.

너는 나에게, 나는 너에게

잊혀지지 않는 하나의 의미가 되고 싶다."

김춘수 시인의 '꽃'의 끝부분에 나오는 구절입니다.

저도 늘 무엇이 되고 싶어서 안달합니다. 그런 멋진 무엇이 되지 못해서 열병을 앓습니다. 수도자, 구도자, 도를 닦는 자. 날마다 진보하고 더욱 긍정적인 의미에서 완성되어가고 싶습니다. 잘하는 것은 없습니다. 그러나 잘하고 싶은 것은 있습니다. 이 십자가의 학교에서 우등생이 되는 것입니다.

세상은 일등에게 상을 주지만, 하느님은 우등생에게 십자가를 주십니다. 그 십자가를 꼭 보듬어 안고, 아무도 눈치채지 못하게 곱고 곱게 바뀌고 싶습니다. 그 비밀스러운 변화는 십자가와 기도 안에서 이루어짐을 믿습니다. 저는 진정 바뀌고 싶은 애벌레입니다. 나비가 되고 싶습니다.

지금 통하여
당신이 빛나소서

사랑하기 위해
태어난 사람

'당신은 사랑받기 위해 태어난 사람'이라는 노래가 있습니다.
하지만 저는 사랑하기 위해 태어난 사람입니다.
제가 가장 충만해지고 뿌듯하고 행복하고
입가에 웃음이 절로 지어지는 순간은
다른 사람이 행복한 모습을 보았을 때입니다.

저는 누군가에게 주기 위해 그림을 그리고,
누군가의 가슴을 두드리기 위해 좋은 글들을 메모해둡니다.
제가 속한 공동체의 일원이 비효율적인 방법으로 고생하고,
불편한 관계에 얽히고, 맡은 일에 지치는 일이 없도록
날마다 조직하고, 생각하고, 추진합니다.
공동체와 맡은 아이들의 행복을 기원하고,
하느님의 도움 없이 나는 아무것도 할 수 없는 존재임을

기도를 통해서 고백하고,
기도를 통해서 요청합니다.

제가 입가에 미소를 짓고 있다면,
그것은 제 앞에 서 있는 누군가를 위한 것입니다.
제가 종종걸음을 걷는다면,
그것은 저를 기다리는 사람을 더 빨리 만나기 위한 것입니다.
꽃을 꽂는 일도, 풀을 뽑는 일도,
사전을 뒤적거리는 일도 누군가를 위해서 합니다.

저는 오늘도 제가 존재함으로써
누군가의 눈물을 닦아줄 수 있고,
누군가의 잠자리가 따뜻할 수 있도록

지금 동화이
당신이 빛나소서

챙겨줄 수 있음에 감사합니다.

제 앞에, 제 옆에, 제 뒤에 있는 사람이 행복할 그 순간에

저 역시 행복합니다.

단 한 순간도
당신 손을 놓지 않게 하소서

모두들 편하고 쉬운 길을 택하고,

성과가 보이는 일을 하고,

일시적인 즐거움과 평화를 찾는 시대에

우리는 인간의 성장과 구원의 일에 개입하여

너무나도 불편하고 고통스러운 부분을 견뎌내고 있습니다.

결국 지나가는 것들,

몰아쳤다 스러지는 파도 같은 것들 앞에서

바다처럼 평온하지 못하고,

이토록 나약하고 변덕스러운 모습으로

살아가는 것 또한 삶이요,

당신께서 허락하시는 모습이라는 생각이 듭니다.

지은 통하이
당신이 빛나소서

제 마음의 상처를 씻어주소서.

당신 사랑하기에 받는 아픔에 의연하게 하소서.

사랑의 삶에는 늘 십자가와 기쁨이 어우러져 있음을

잊지 않게 하소서.

제 영혼이 건강한 열정을 가지고 당신 나라를 향해 가게 하소서.

당신을 핑계 삼아 저의 이기심을 채우는 일 없이

단순하고 소박하게 그날그날 당신의 이끄심에

순명할 수 있는 단순함과 기쁨을 허락하소서.

사랑받는 자의 당당함과 성실함으로

'지금, 여기'를 살게 하소서.

구원의 길목에서 어렵고 힘든 시간조차

꼭 그만큼 필요한 것임을 잊지 않고
불평하고 하소연하기보다
담담하고 의연하게 하소서.
단 한 순간도
당신 손을 놓지 않게 하소서.

우리 아버지 신부님은
국제거지입니다

마리아수녀회 창립자인 소 알로이시오 신부님은 당신을 '국제거지'라고 부르셨습니다. 루게릭병으로 시한부의 삶을 사시면서도 자기 자신보다 남아 있을 우리와 아이들을 위해 은인들에게 보내는 마지막 영상 메시지를 준비하시고, 그들에게 자신은 이미 죽어가고 있지만 우리 아이들에게는 지속적인 후원이 필요하다고 호소하셨습니다.

신부님은 생전에, 부자들에게 후원을 요청하는 것을 부끄러워하거나 두려워하지 말라고 하셨습니다. 오히려 그들이 가난한 이들을 도움으로써 하늘나라를 차지할 수 있는 기회를 주고 있으니, 더 당당해지라고도 하셨습니다.

국내 사업을 위해서도 여전히 후원이 필요합니다. 등잔 밑이 어두운 것처럼, 우리의 소득이 많아지고 국가의 신용도가 올라갈수록 가난한 이들의 삶은 더 어렵습니다. 특히 해외 후원금에 더 많이 의존해왔던 우리 수녀회의 복지사업은, 유럽에서 모금된 후원금을 한국으로 보낼 수 없다는 유럽연합의 규정에 의하여 날이 갈수록 점점 더 어려워지고 있습니다. 그럼에도 불구하고 우리는 꾸준히 국내 후원자들을 찾고 있으며, 기업들의 참여도 초대하고 있습니다.

한번은 마리아수녀회 한국후원회 회장역을 맡아주신 두산그룹의 박용만 회장님께서, 함께 방문하신 일행들에게 이런 말씀을 하셨습니다.

"수녀님들의 일하는 방식을 잘 모르겠다. 도대체 어떻게 살아가고 있는지 이해하기 어렵다."

그런 칭찬 같지 않은 말씀에도 굴하지 않고 우리는 대답합니다.

"회장님, 그것이 저희들의 강점이에요. 저희들이 부족하면 부족할수록, 사람들은 믿게 될 거예요. '그러니까 이 일은 수녀들 혼자 하는 일이 아니야. 이것은 하느님의 일이고, 우리가 도와주지 않으면 안 돼.'라고요."

회장님은 웃으셨지만 우리는 진심이랍니다.

그러니, 함께 도와주세요.

우리의 아이들을 위해….

더 약해지고
더 아무것도 아닌 존재가 되어

고달프고 버겁게 '지금 여기'를 살아내고 있는
이들을 위해 기도합니다.
당신이 그러했듯이,
우리로 하여금 달릴 길을 다 달리게 하시고
아이들로 하여금 세상의 유혹에서
중심을 바로잡고 성장할 수 있도록 이끌어주소서.

저의 생각과 말과 행동이
당신 마음에 들 수 있도록
제 양심을 맑게 하시고,
제 행동을 진솔하게 하시고,
저의 지향과 노력이
진리와 사랑이신 하느님을 증거하게 하소서.

저를 통하여
당신이 빛나소서

나 자신에게 기대거나,

나 자신을 믿는 일 없이

더 약해지고, 더 많이 버리고,

더 아무것도 아닌 존재가 되어

당신이 이끄시는 대로 향하게 하소서.

절망하거나 의심하거나
지치지 않는 사랑

함께 있지 않아도, 항상 함께 있을 수 있음을 압니다.
아버지 곁으로 되돌아가신 당신이지만,
단 한 순간도 우리 곁을 떠나시지 않음을 압니다.
우리로 하여금 존재하게 하고,
존재하는 자를 인식하게 하는 것,
그것이 바로 '사랑'임을 압니다.

사랑은 모든 시간과 공간을 초월합니다.
함께 떨어져 있음이 아무런 장애가 되지 않고,
우리의 마음이 줄곧 쏜 화살처럼 당신을 향하고,
우리의 의식이 당신의 손을 잡을 때,
'아하, 이것이야말로 사랑 중의 사랑'이라고 말할 것입니다.

모든 것을 바라고
모든 것을 믿고
모든 것을 견뎌내면서도
절망하거나 의심하거나 지치지 않는 사랑.

저로 하여금 성숙한 마음으로
세상과 세상 사람들을 바라보게 하십시오.
사라지고 시들고 변하는 것들을 있는 그대로 받아주고,
그 사라진 것 위에 다시 살아나는 것,
시든 잎새 사이로 용감하게 얼굴을 내미는
또 하나의 어여쁜 잎새,
태어나고 죽고, 나타나고 사라지는 이 모든 것을
당신의 뜻 안에서 바라보게 하십시오.

영광과 굴욕은 별스러운 것이 아님을 알고
영원한 사랑만을 희망하게 하십시오.

영원히 사랑하기 위해
현재의 내 모습부터 진실한 마음으로 끌어안게 하십시오.

밝고, 맑고, 거룩한 것만을
향하게 하소서

우리의 시선이
밝고, 맑고, 거룩한 것만을 향하게 하소서.

당신 아닌 모든 것,
영원하지 않은 것 때문에
마음의 기쁨을 잃지 않게 하소서.

오늘도 당신만 바라보게 하소서.

지금 통하여
당신이 빛나소서

그럼에도 불구하고
나는 너를 사랑한단다

마음을 낮추어 나의 작음과 헛됨을 고백하면
그분은 사제를 통하여 응답하십니다.

"그럼에도 불구하고
나는 너를 사랑한단다.
절대 실망하지 말고,
절대 이 믿음의 끈을 놓지 말고
기쁨을 유지하면서 살아다오."

죄를 고백했는데,
사랑의 고백이 되돌아오는 은혜.
고백성사의 은혜.

용서의 체험은 용서하는 자에 있지 않고
용서 청하는 자에 있다는 가르침에 깊이 공감합니다.
그 용서의 은혜, 용서받은 자의 자유를 생생하게 느끼며
다시는 죄와 불완전함에 떨어지지 않을
용기와 힘을 얻을 수 있는 은혜는
진심으로 회개할 때에 주어집니다.

제 영혼에 필요한 적당한 절제,
적당한 조화, 적당한 용기를 부어주소서.
제 영혼이 당신과 멀어지게 하는
모든 생각과 말과 행동을 멀리하게 하시고
제 마음이 참다운 회개의 눈물을 흘리게 하소서.

감동과 향기를 담아
나눌 줄 안다는 것

　중남미에서 선교생활을 할 때 큰 교훈을 얻었던 일 중 하나는, 고위 성직자들의 소탈함을 직접 경험해보는 것이었습니다.

　오하카Oxaca 주의 우아우틀라 데 히메네즈Huahutla de Jimenez 교구는 산꼭대기 마을들로 이루어져 있는데, 그곳의 엘메네힐도 주교님은 자그마한 몸집에 다정한 미소가 인상적입니다. 처음 주교님을 만나던 날은 마침 점심시간이어서 산 위 마을에서 내려온 나그네들과 함께 주교관의 식당에서 식사를 하는 시간이었습니다. 제 눈에는 이 모습이 퍽 생소하고, 아무나 들락날락할 수 있는 관저 분위기가 놀라웠습니다.

　드디어 준비한 음식이 커다란 토기 쟁반에 담겨서 상에 놓였습니다. 각자가 먹을 만큼 음식을 덜어 먹는데, 제 마음은 벌써부터 안절부절못했습니다. 쟁반에 담긴 몇 점의 고깃덩어리가 어느새 사라지고, 걸쭉한 토마토소스만 바닥에 남았기 때문입니다. 주교님은 아무렇지 않게 고기 한 점 남지 않은 소스를 접시에 담고, 펼친 토르티야에 소스를 발라 동그랗게 말아 드시면서 담소를 나누는 것이었습니다. 제 눈엔 정말 새로운 광경이었습니다. 주교님은 또 제 세례명이 스페인어로 마르티나라는 것을 아시고, 그 자리에서 한때 유행했다고 하는 "마르티나, 마르티나, 너는 열여섯 살에 결혼해서, 남편을 잃고…."라는 노래를 구성지게 불러 저를 당황하게 하셨습니다.

　세상이 생각하는 권위는 애초에 던져버리고, 사랑만 실천하시는 분이 또 있습니다. 우리 학교가 속해 있는 찰코 시의 루이스 알테미오 주교님이십니다. 언제나 온화하고 겸손하며 모범적인 목자셨지만, 특별히 제게 보여주신 그분의 사랑은 하느님 아버지의 사랑을 생생하게 유추해볼 수 있도록 만드십니다.

　멕시코 소임을 마치고 한국으로 돌아갈 날이 이틀밖에 남지 않은 어느 날의 일입니다. 교구행사가 있어서 주교님이 우리 학교에 오셨는데, 차마 이틀 뒤에 한국으로 돌아간다는 말을 할 수가 없었습니다. 왜 그런지 그분 앞에서는 울어버릴 것 같아서 불안했습니다.

　행사가 끝나고 주교님은 평소처럼 인사하고 돌아가셨습니

다. 다음 날 무슨 일인지 주교님의 비서 마르셀라가 사무실에 잠깐 다녀가라고 연락해왔습니다. 저는 마르셀라와의 일을 끝내고 나오면서 말했습니다.

"마르셀라, 사실은 제가 내일 한국으로 돌아갑니다."

당황한 마르셀라는 주교님이 지금 브라질에서 열리는 회의에 참석하기 위해 공항으로 가시는 중이니 통화라도 하고 가라고 권했습니다. 저는 울 것 같아서 싫다고 했습니다. 마르셀라는 끝내 주교님과 전화 연결을 해주었고, 주교님은 전화로 격려의 말씀을 해주셨습니다. 예상대로 저는 하염없이 울고 있었습니다. 그렇게 어렵게 전화를 끊고, 자리에서 일어서는데, 마르셀라가 좀 기다리라고 합니다. 주교님께서 공항에서 돌아오고 계신다고. 직접 인사하고 강복을 주고 싶어 하신다면서…. 30분 후에 정말 주교님이 오셨고, 우리는 형제 같고 부녀 같은 마음으로 감사와 축복의 인사를 나누었습니다. 그렇게 아쉬움 없는 이별을 할 수 있었습니다.

감동을 주는 권위는 상대방을 동격으로 인정해줄 때 두드러집니다. 저는 여러 훌륭한 분들의 삶을 지켜보면서 예수님을 따른다는 것은 멋지게 줄 줄 아는 것, 감동과 향기를 담아 나눌 줄 아는 것이라고 배웠습니다. 수도자로 사는 것이 행복하고 충만한 이유도 언제나 누군가에게 무엇이든 줄 수 있는 자리에 있다는 사실 때문입니다. 미소와 기도, 칭찬과 격려, 노동과 참여…. 하느님의 이름으로 제가 하는 이 모든 생각과 말과 행동이 언제나 감동이 될 수 있음을 잊지 않고 싶습니다.

티 내지 않으면서
온전히 사랑하고 싶어서

당신 사랑하는 티 내지 않으면서
온전히 사랑하고 싶어서
몸에는 베옷을 걸치고
얼굴은 볕에 그을립니다.

내 안에 영롱히 빛나는 사랑,
사람 안에 계신 당신을 아끼고 귀히 여기면서
당신에게 걸림돌이 되지 않기 위해
세심하고 예민한 일상입니다.

당신을 더 닮고 싶고,
당신께 더 다가가고 싶고,
당신과 일치하고 싶습니다.

그 누구도, 그 무엇도
당신보다 더 사랑하지 않겠습니다.

당신만을 사랑하기 위해
세상 사랑을 포기한 것이 제 인생입니다.

발바닥이 아프게 종종거리며 걸어도
아무리 열심히 살아도
당신 없으면 세상 모든 건 먼지에 불과합니다.

저의 선택과 노력, 일상의 희생과 열정이
당신 마음에 들었으면 좋겠습니다.

저를 통하여
당신이 빛나소서

저를 통하여
당신이 빛나소서

하얀 얼굴에 환한 미소와 사투리를 지니셨던
말다 수녀님의 임종 소식이 전해졌습니다.
말다 수녀님, 수고하셨습니다.
정성을 다하여 살아온 시간,
이제 영원한 안식을 누리십시오.

죽음이란
근원으로 돌아가는 일.
헛되고 헛된 세상과 이별하는 일.
영원하지 않은 것의 손을 놓고 영원에 몸을 맡기는 일.

고생할 일도, 긴장할 일도, 마음 아플 일도, 갈등할 일도
이 지상에 있는 동안만 겪으면 될 테니,

숨이 멎고 나면 이 고통도 아픔도 걱정도 사라질 테니,
이 치열함과 뜨거움 모두 스러지고 고요와 평화만 남을 테니,
살아 있기에 간절하고 안타깝고 가슴 아픈 것이니,
살아 있는 동안만 고통받으면 되는 것이니,
피하지 말아야겠습니다.
피하지 말고, 더욱 꽉 끌어안아야겠습니다.

보이지도 만져지지도 않는 님이여,
나를 지으신 이여,
나를 살리신 이여,
제가 어떻게 살기를 바라십니까?
제가 어떻게 죽기를 바라십니까?
저를 이끌어주십시오.

저를 통하여
당신이 빛나소서

당신의 품에 안기는 그 순간까지,
사랑이신 당신을 영예롭게 하도록 허락하소서.
저를 통하여 당신이 빛나소서.

저를 통하여
당신이 빛나소서

제가 입가에 미소를 짓고 있다면,
그것은 제 앞에 서 있는 누군가를 위한 것입니다.
제가 종종걸음을 걷는다면,
그것은 저를 기다리는 사람을
더 빨리 만나기 위한 것입니다.
꽃을 꽂는 일도, 풀을 뽑는 일도,
사전을 뒤적거리는 일도 누군가를 위해서 합니다.

저는 오늘도 제가 존재함으로써
누군가의 눈물을 닦아줄 수 있고,
누군가의 잠자리가 따뜻하도록
챙겨줄 수 있음에 감사합니다.
제 앞에, 제 옆에, 제 뒤에 있는 사람이
행복할 그 순간에
저 역시 행복합니다.

정말지 수녀

재단법인 마리아수녀회,
학교법인 소년의집학원 대표

여리고 작은 이들의 행복을 지키는 '싸움쟁이' 수녀. 1963년 경남 밀
양에서 태어났다. 아주 어려서부터 수녀가 되고 싶었고, 스물두 살에
그 꿈을 이루었다. 1991년부터 17년간 멕시코 찰코 시 '소녀의 집'에
서 원장으로 일하며 13,000명의 멕시코 소녀들의 어머니가 되었다. '가
난한 사람도 최고의 시설에서 최고의 공부를 할 수 있도록' 해주기 위
해 헌신해왔고, 희망이 없던 아이들이 꿈과 자신감을 갖고 학교를 떠
날 때 가장 큰 보람을 느꼈다. 지금 여기 오늘의 만남 안에서 천사를
알아보고, 웃는 얼굴로 다가가 그의 천사가 되어주는 일, 행복한 드림
메이커로 사는 일이 자신의 소명이라고 믿고 사는 마리아수녀회의 수
녀이자, 작은 아이들의 엄마.

www.sistersofmary.or.kr
www.thesistersofmary.com